Hans Werner Richter

Die Stunde der falschen Triumphe

Roman

nymphenburger

2. Auflage 1981

Satz und Druck: Poeschel & Schulz-Schomburgk, Eschwege
ISBN 3-485-00400-6 Printed in Germany

Die Stunde des Friseurs

Er war Friseur und hieß Willi. Sein Nachname ist hier unwichtig, weil er meistens nur Willi gerufen wurde. Einige nannten ihn auch Schnäuzer-Willi, was nicht besagt, daß er selbst auch einen Schnäuzer trug. Ein Schnäuzer war zu jener Zeit – und ist es wohl auch noch heute – ein kleiner Bart unmittelbar unter der Nase, der sich nicht ganz bis zu den Mundwinkeln ausbreitet. Nein, Willi trug keinen solchen Bart. Da er aber sein ganzes Leben damit zugebracht hatte, Bärte zu pflegen, zu stutzen oder sonst etwas mit ihnen zu machen, war es naheliegend, ihn Schnäuzer-Willi zu nennen.

Mit vierzehn Jahren hatten ihn seine Eltern in eine Friseurlehre geschickt, und seitdem war sein Leben gradlinig verlaufen: von einem Friseurladen in den anderen, von einem Frisierstuhl zum anderen, immer damit beschäftigt, Haare zu schneiden, Kinnladen zu rasieren, Bärte zu verschönern. Nur der Erste Weltkrieg kam mit einem Jahr der Unterbrechung dazwischen. Er diente als Infanterist, machte einige Sturmangriffe mit, verfluchte den Krieg und nahm nach der mißglückten Revolution, an der er keinen Anteil hatte, seine Tätigkeit als Friseur wieder auf. Er heiratete mit einer, fast könnte man sagen mageren Hochzeit und machte einen eigenen Friseurladen in dem Ort auf, in dem diese Geschichte spielt. Es war ein Herrensalon mit einem Frisierstuhl, einem Spiegel, alles ein wenig schmucklos und viel zu einfach, etwa für die heutige Zeit. Dort stand er sein ganzes Leben lang, Tag für Tag, Monat für Monat, von einem Jahr zum anderen, von 1919 bis weit über das Ende des Zweiten Weltkriegs hinaus, über fünfzig Jahre, ein halbes Jahrhundert.

Nicht immer stand er in seinem Laden, manchmal, wenn er keine Kunden hatte, stand er auch davor: Im weißen Kittel an die Tür gelehnt, beobachtete er die Passanten, die an seinem Laden vorbeigingen. Er langweilte sich nie, machte sich seine Gedanken, wußte alles, was im Ort vor sich ging, wer mit wem und wo; und was er gerade nicht wußte, holte er schnell durch geschicktes Fragen bei einem Kunden heraus. Kurz darauf gab er es schon dem nächsten Kunden etwas verschlüsselt und immer gut zubereitet weiter. Alle Eigenschaften und Eigenarten seiner Kunden waren ihm bekannt: Geiz und Rachsucht, Habgier und Großzügigkeit. Er konnte gut zuhören, hatte aber auch das Ohr seiner Kunden, wenn er selbst etwas zum besten gab. Jeden bediente er individuell nach seinen Eigenarten, und jedem erzählte er das, was dieser hören wollte. Sah er ein verschmitztes Lächeln über die eingeseifte untere Hälfte eines Kundengesichts laufen, so war er dessen zufrieden und lachte selbst ein wenig, doch stets mit der gebotenen Zurückhaltung. Er kränkte nie jemanden, zog niemals über den einen oder den anderen her, war im Gegenteil immer diskret, nahm aber doch bei jeder Gelegenheit eine Anekdote, eine kleine abgerundete Erzählung, ein Bonmot oder was immer er gerade für passend fand aus seinem Gerüchtevorrat. Meistens sah er sich dabei im Spiegel, wobei er sich Mühe gab, sein Gesicht nicht unnötig zu verziehen, keine Spur der Selbstgefälligkeit sichtbar werden zu lassen, nicht zu laut und nicht zu leise zu sein; ein leichtes Lachen oder ein feines Schmunzeln, das leistete er sich, aber nicht mehr. Auch seine Höflichkeit war von gediegener Art: kaum wahrnehmbare Verbeugungen, ein immer freundliches Neigen des Kopfes. Begrüßungen waren seine Spezialität. Jeder fühlte sich in seinem Laden sofort wie geborgen, zu Hause für eine Rasur, für einen Haarschnitt und oft auch noch für eine anschließende Zigarrenlänge. Immer gab er sich als Diener, fühlte sich aber doch auch ebenbürtig, war kein Geringerer, sondern ein Gleicher unter Gleichen. Vorwürfe, Anschnauzer oder Verweise ertrug er nicht, doch es kam auch selten dazu, weil seine gewinnende Art alle Vorurteile, alle Ressentiments und alle Vorbehalte ausräumte, bevor sie sich entwickeln konnten. Fehler kamen eigentlich nie vor, er rasierte vorzüglich, ja, er beherrschte diese Kunst so gut, daß seine Kunden von ihm sagten, es sei eine Lust, sich von ihm rasieren zu lassen. Dieser Lust gaben sie sich mit Vergnügen hin, wobei seine leise Stimme den Lauf des Messers begleitete und sie leicht einlullte, was sie als Wohltat empfanden. Jeder Tag, der verging, war eigentlich genauso wie der, der kam, aber sie unterschieden sich für ihn in Nuancen, in der Exquisität dessen, was er hörte und in der zurechtgeschliffenen Feinheit, dessen, was er selbst zum besten gab.

Nachts konnte er darüber nachdenken, im Bett, neben seiner Frau im Eheschlafzimmer, die Hände hinter dem Kopf verschränkt. Dann liefen die Ereignisse des Tages vor ihm ab wie ein Film: Er sah jedem Kunden noch einmal ins Gesicht, hörte, was der zu sagen hatte, nahm manchmal auch eine politische Meinung entgegen, über die er sich ärgerte oder zu der er zustimmend nickte, freute sich noch einmal, jetzt im Bett, spann an einigen Anekdoten weiter, um sie am nächsten Tag zu verwenden, und zog ein Fazit, das meistens zu seiner Zufriedenheit ausfiel.

Seiner Frau erzählte er nur selten von den Vorgängen des Tages, und wenn er etwas erzählte, sagte sie fast immer: »Aber Willi«, und er antwortete: »Ach ja, der Tillner« oder: »Der dumme Schloßbauer« oder wer es gerade war.

Am nächsten Morgen ging er wieder pünktlich ins Geschäft, fegte den Laden, legte Servietten, Tücher verschiedener Art und was er sonst noch brauchte säuberlich zurecht, ordnete Kämme, Scheren, Pinsel, Bürsten so, daß sie greifbar waren, fast mit pedantischer Akkuratesse, und wartete auf den ersten Kunden.

Er selbst war immer glatt rasiert, kein blondes Härchen durfte sich irgendwo zeigen, und der Scheitel, den er trug und der sein semmelblondes, leider etwas dünnes Haar in zwei Hälften teilte, veränderte sich nie, sein ganzes Leben lang nicht.

Im Winter mußte er sich häufig gegen kalte Füße schützen, sein Laden lag etwas tief, im Souterrain. Im Sommer aber fühlte er sich wohl, der Fliesenfußboden machte ihm nicht zu schaffen, und die Kühle war angenehm.

So vergingen die Jahre, die Weimarer Republik, die Zeit der Inflation – eine Rasur kostete fast ein paar Hunderttausend Mark –, das Geld war nichts mehr wert. Willi nahm es trotzdem gern, sein Geiz, den er vor sich selbst verbarg und der selten nach außen sichtbar war, ließ ihn trotz der rasenden Inflation jede Mark schätzen. So häufte er Hunderttausendmarkscheine und auch Millionenscheine aufeinander, bis sie an einem einzigen Tag alle ihren Wert verloren und die Rentenmark kam. Er ließ sich jedoch nicht beirren, sondern begann nun mit den Rentenmarkscheinen sofort wieder dasselbe. In seiner Sparsamkeit gab es keine Pausen. Sein Ziel war ein zweiter Friseurstuhl und vielleicht auch noch ein dritter.

Von den Parteien, die es zu dieser Zeit gab, hielt er nicht viel, er neigte mehr den Bürgerlichen zu, besonders einer Wirtschaftspartei. Wirtschaften, und möglichst gut wirtschaften, das hielt er für notwendig, aber er war auch den Sozialdemokraten wohlgesonnen, soweit es solche unter seiner Kundschaft gab. Eine feststehende politische Anschauung hatte er nicht. Er las zwar die Kreiszeitung, bildete sich jedoch nie eine eigene, selbständige Meinung, sondern gab bald dem einen, bald dem anderen recht: Das Wohlbefinden der Kundschaft ging allem anderen vor, selbst dort, wo er wirklich einmal eine Meinung hatte oder sich über die Äußerungen des anderen ärgerte.

Bei allen Veranstaltungen – Festen des Turnvereins, der Feuerwehr, des Gesangvereins – hielt er sich zurück, trank selten einen über den Durst, wie er es nannte. Kam es aber doch einmal vor, geriet er in ausgelassene Fröhlichkeit, was er am nächsten Tag bereute, wenn man ihn in seinem Laden darauf ansprach. Von seinen erotischen Neigungen war zu der Zeit, in der diese Geschichte spielt, noch wenig bekannt, er galt als überaus treuer und zuverlässiger Ehemann; doch auch er hatte seine Abgründe: Er kniff, wie er sehr viel später einmal selbst von sich sagte, gern die Katze im Dunkeln.

Sehr früh gebar ihm seine Frau eine Tochter, die in dieser Geschichte keine Rolle spielt, sich jedoch schon in jungen Jahren als so sparsam erwies, daß er selbst darüber staunte. Als die Zeit der Weltwirtschaftskrise kam, die Jahre der großen Arbeitslosigkeit und der politischen Verwirrung, ging er allen Anfechtungen sowohl von der einen als von der anderen Seite aus dem Weg, obwohl die Familie seiner Frau sich politisch links engagierte und in schwere Auseinandersetzungen mit ihren Gegnern geriet. Wurde er darauf von seinen Kunden angesprochen, distanzierte er sich zwar nicht, ließ aber doch durchblicken, daß er die ganze Familie für etwas verrückt hielt, wobei er oft fein lächelte, was andere für zynisch hielten.

Doch es wurde mit jedem Tag schwerer für ihn. Seine Kunden veränderten sich, einer nach dem anderen, es war wie eine ansteckende Krankheit; selbst jene wurden davon erfaßt, die bis dahin nie mit ihm über Politik gesprochen hatten. Jetzt wurden sie in wenigen Tagen politisch vom Scheitel bis zur Sohle – eine Bezeichnung dieser Veränderung, die er für sich behielt –, plötzlich wußten sie Bescheid, kannten Weg und Ziel einer grundlegenden Erneuerung, nannten sich Revolutionäre, deutsche natürlich, und sprachen von ihrem Führer, als hätten sie eine enge persönliche Verbindung zu ihm. Seine Augen waren für sie leuchtend, sie sagten: »Sieh mal, Willi, diese leuchtenden Augen, einfach genial, das muß man doch sagen.« Willi gab es zu, fand aber kein Wort der Begeisterung.

Er benahm sich in jeder Hinsicht vorzüglich, gab sich Mühe, die Familie seiner Frau nicht zu desavourieren, nickte nur, lächelte wie immer, nur mit noch größerer Zurückhaltung. Unter dem Führer konnte er sich wenig vorstellen, er hatte keine persönliche Verbindung zu ihm wie die anderen, die ihn für einen großen Mann hielten und ihn gleich neben Bismarck und Friedrich den Großen stellten. Wahrlich, er kannte ihn nicht, er hatte nur sein Bild in den Zeitungen gesehen, keine leuchtenden Augen gefunden, nur der Schnäuzer war ihm aufgefallen, der Bart unter der Nase, und am liebsten hätte er ihn Schnäuzer-Führer oder Schnäuzer-Hitler genannt, doch das wagte er nicht.

Viele seiner Kunden betraten jetzt in Uniform den Laden, wodurch sie für ihn stark verändert aussahen, als hätten sie über Nacht ihren Charakter verloren. Sie gingen aufrechter, wie es ihm schien, mit hohlem Kreuz, und wenn sie sich in den Frisierstuhl setzten, taten sie es mit einem knarrenden oder schnarrenden Geräusch. Auch ihr Ton ihm gegenüber hatte sich stark verändert, er war angebundener, kürzer geworden, kein Befehlston, nein, den hätte er sich verbeten, doch mit leichten Nuancen zum Militärischen hin. Einige gaben sich noch eitler als sie sowieso schon waren, er sah es mit halbgeschlossenen Augen im Spiegel, sie waren wieder stramme Männer, was sie so lange in ihrem Zivilistendasein entbehrt hatten.

Zum ersten Mal geriet Willi in Verlegenheit, als ihm der eine oder der andere zuredete, doch der Partei beizutreten oder wenigstens der SA. Ja, sagte er dann, das hätte er sich auch schon überlegt, aber es sei ja noch Zeit, viel Zeit; außerdem gäbe es auch noch andere Kunden, die das vielleicht gar nicht gern sähen, da müsse er als Geschäftsmann Rücksicht nehmen, doch ›Kommt Zeit, kommt Rat‹, das war sein Lieblingswort, mit der Zeit, so glaubte er, würde sich schon noch alles regeln.

Nun war er oft abends, wenn er im Bett lag, mit dem Ablauf des Tages nicht mehr ganz so zufrieden wie vorher, das mit der ständig zunehmenden Zahl der Uniformträger unter seinen Kunden gefiel ihm nicht sonderlich. Muntere Anekdoten, Erzählungen, Witze wurden immer seltener, er vermißte den fröhlichen Ton, die Atmosphäre der Unbekümmertheit, das Unverbindliche, das Lachen. Einige seiner Kunden, die sich vorher, begegneten sie sich in seinem Laden, herzlich begrüßt hatten, sahen nun über einander hinweg. Extreme politische Anschauungen trennten sie jetzt: Der eine gehörte dieser, der andere jener Partei an. Hin und wieder kam es sogar zu Auseinandersetzungen, zu Streit, den er in seiner Art schlichten mußte, indem er verbindlich lächelte und wiederholt sagte: »Bitte hier nicht, nicht in meinem Laden, das mag ich nicht.« Die anderen, die Streitenden, gaben dann meistens nach und saßen darauf stumm nebeneinander, ohne noch ein Wort miteinander zu wechseln. Recht hatte jeder für sich; auch wenn sie sich nicht äußerten, sah man es an dem Ausdruck ihrer Gesichter, sie waren in einem Maße rechthaberisch geworden, daß es ihm oft unerträglich wurde, ja, sie sprachen mit großer Überzeugung von Dingen, von denen sie vorher nach seiner Ansicht keine Ahnung gehabt hatten.

Dann kam ein Tag, von dem an sich alles gründlich verändern sollte. An diesem Tag kamen die Uniformträger mit fröhlichen, oft geröteten, aufgeregten Gesichtern in sein Geschäft, nannten diesen Tag den Tag der Machtergreifung, sagten: »Willi, jetzt ist es so weit, jetzt sind wir dran«, schlugen ihm mehr oder weniger kräftig auf die Schultern und gaben sich als Sieger, die es den anderen nunmehr zeigen wollten. Einige waren leicht oder auch schwer angetrunken, sprangen und torkelten in seinem Laden umher, standen zeitweise vor sich selbst stramm und riefen »Sieg Heil!« Er wunderte sich über so viel unverständliche Begeisterung, ja, für wenige Augenblicke überfiel ihn sogar die Angst, sie könnten in ihrem Freudentaumel auch noch seinen Laden demolieren. Sie luden ihn für den Abend ein; sie hatten ein größeres Freudenfest vor, unter Umständen mit einem kleinen Fackelaufmarsch, mit Fahnen und Fanfarenzug. Der ganze Ort sollte sehen, wer jetzt der Sieger war, jedermann – vor allen Dingen ihre Gegner – sollten wissen, wer die Macht ergriffen hatte, wer sie, wie einige sagten, erobert hatte, so, als hätten sie eine Festung im Sturm genommen. Sie sagten: »Heute wird gefeiert, heute heben wir einen, jetzt wird alles besser, jetzt geht's wieder voran, du wirst es sehen, Willi.« Es sah alles ein wenig gewalttätig aus, so wie es schon in den letzten Jahren gewesen war. Gewalt geht vor Recht, dachte er, ein Satz, den er irgendwo gehört hatte und der ihm jetzt immer wieder einfiel. Nein, er hielt sich zurück, er lehnte die Einladung höflich ab, in einer Art von Bescheidenheit, die keine war. Er lächelte dabei und tat so, als ob auch ihn die ›Machtergreifung‹ freue, als ob auch er eine neue Zeit auf sich zukommen sähe, in der diese seine Kunden die Herren waren, nach denen sich nun alle zu richten hatten. Er dachte es so: Jetzt müssen wir wohl alle nach ihrer Pfeife tanzen – eine Vorstellung, die ihm mißfiel.

Als er um sieben Uhr seinen Laden schloß, hatten sich seine Uniformträger bereits verlaufen, anscheinend um ihr Siegesfest vorzubereiten, aber es schien ihm, als sei der ganze Ort in Bewegung; etwas wie Spannung lag in der Luft, etwas Lauerndes, Abwartendes, der Rausch der einen und die Angst der anderen, ein dumpfes Gefühl der Erregung, er glaubte es zu spüren, ohne etwas Besonderes wahrzunehmen.

In der Küche, die er betrat, wobei er sich so gab, als sei nichts Besonderes passiert, stand seine Frau: klein, schwarzhaarig, mit unruhigen, fahrigen, braunen Augen. Sie war, er sah es sofort, ein wenig aufgelöst, ein wenig durcheinander, sie begann gleich von ihrer linksorientierten Familie zu sprechen, die jetzt, so glaubte sie, dem Terror ausgesetzt sei, mit Haussuchung, Verhaftung, noch Schlimmeren rechnen mußte. Immer wieder sprach sie denselben Satz: »Was soll denn jetzt bloß werden, Willi?« Er versuchte, sie zu beruhigen und kam sich selbst dabei etwas hilflos vor, er sprach aus, was viele vielleicht in diesem Augenblick dachten: »Der bleibt bestimmt nicht lange dran, das schafft der nie.«

Er dachte dabei an seinen Schnäuzer-Führer, an seinen Schnäuzer-Hitler. Er konnte sich ihn als Reichskanzler nicht vorstellen, nein, das konnte er beim besten Willen nicht, zu oft hatte er in den Zeitungen und in den Wahlkampfbroschüren gelesen, er sei ja nur ein Anstreicher gewesen, ein kleiner Mann; wie wollte der sich unter den ›hohen Herrschaften‹ behaupten, und ›hohe Herrschaften‹, das waren sie für ihn alle, die Herren Beamten, Minister, Staatssekretäre; er nannte sie so, mit dem Respekt des kleinen Friseurs, dem es höchstens in den Fingern juckte, den einen oder den anderen dieser Herren einmal gut zu bedienen, gründlich einzuseifen, um dann nach einigen Minuten das Messer vorsichtig, galant und mit dem Können eines Meisters über dessen Kinn zu ziehen.
Doch dazu war es nie gekommen. Nur einige mehr oder weniger bekannte Filmschauspieler, die den Ort im Sommer besuchten, hatten sich in seinen Frisierstuhl gesetzt, und er hatte sie so bedient, wie es sich gegenüber besseren Herrn geziemt. Nie vergaß er, was man ihm in der Schule und beim Militär eingebleut hatte, wo oben und unten und was hoch und niedrig ist; es war ihm selbstverständ-

lich, und niemals sehnte er sich danach, ein anderer zu sein, als er war.

In dieser Nacht lag er mehr bekümmert als froh in seinem Bett. Die Ereignisse des Tages bedrückten ihn, seine Frau hatte ihm im Lauf der Abendstunden mehrmals etwas vorgeweint, aus Zorn, aus Kummer, aus Wut und auch aus Angst, Angst vor einer ungewissen und vielleicht gefahrvollen Zukunft. Nichts war mehr wie gestern oder vorgestern oder auch wie vor Monaten oder Jahren. Er begriff es nicht ganz, über Nacht hatte sich das Leben gedreht wie die Erdkugel, von der Sonnenseite zur Nachtseite; er begriff es nicht, obwohl es sich doch lange schon vorbereitet hatte. Doch als er endlich die ruhigen Atemzüge seiner Frau hörte, drehte auch er sich zur Seite, und plötzlich sah er sie alle kommen, die vielen Kunden seiner früheren Jahre: sie waren fröhlich, lachten lauthals oder verschmitzt, sagten: »Willi, eine kleine Rasur« oder »Willi, die Mähne muß runter« oder auch: »Willi, erzähl mal, was so los ist, du weißt doch, was alles passiert.« Er lachte in sich selbst hinein, nicht laut, sondern leise, sehr leise, wie es seine Art war, nicht hörbar für andere. Dann glitt er in den Schlaf.

Schon am nächsten Tag schien ihm alles nicht mehr so schlimm zu sein. Gewiß, aus vielen Fenstern hingen Fahnen heraus, fast aus jedem zweiten Haus, doch das mußte wohl so sein. Er hatte es nicht erwartet, nun aber erschien es ihm schon beinahe selbstverständlich. Auch ein paar Uniformen mehr fielen ihm auf, Uniformen bei Leuten, die vor nicht langer Zeit noch dagegen gewesen waren. Einige seiner Kunden benahmen sich an diesem Vormittag ebenfalls etwas anders als noch vor einigen Wochen oder Monaten, sie sprachen nicht laut, sondern leise und fanden plötzlich richtig, was sie gestern noch falsch gefunden hatten. Sie sagten: »Was meinst denn du, Willi?« Ja, sie fragten ihn nach seiner Meinung, was er von der ganzen Geschichte halte; ein neuer Reichskanzler, vielleicht nur einer von den vielen, die in letzter Zeit abgewirtschaftet hatten, einer nach dem anderen, doch dies sei nun wohl ein ganz neuer Mann, sozusagen einer von ihnen, dem könne man vielleicht vertrauen.

So sprachen sie auf ihn ein, vorsichtig, abwägend, und er gab sich so wie sie, zurückhaltend, ohne eigene Anschauung zu äußern, nicht dagegen und nicht dafür, vielleicht mehr in der Mitte zwischen dem einen und dem anderen. Er schnitt die Haare, stutzte die Bärte und rasierte wie eh und je. Daran, so dachte er, würde sich nie etwas ändern, das ist schon jahrhundertelang so: Ein Friseur muß kein politischer Mensch sein, keine feststehenden Meinungen haben, das kann nur schädlich sein für das Geschäft.

Danach verhielt er sich in den folgenden Wochen, obwohl ihm vieles mißfiel, die vielen neuen Uniformträger, die bramarbasierenden Reden, das Aussterben der anekdotenreichen Erzählungen, der veränderte Ton. Niemand, so kam es ihm vor, wagte nun noch, offen zu reden. Manche flüsterten so leise, wenn sie doch mal einen Witz erzählten, daß er sich tief nach vorn beugen, ja, fast sein Ohr an den Mund dieses Kunden legen mußte, um etwas zu verstehen.

So vergingen einige Wochen, und dann kam ein Tag, der auch ihn erschütterte. Am Abend dieses Tages fand er seine Frau heulend im Wohnzimmer vor, sie weinte und schluchzte und schien völlig verzweifelt zu sein, etwas war geschehen, was er nicht sofort begriff. Verdattert, wie er es später nannte, blieb er in der Tür stehen und sagte: »Frieda, was ist denn bloß los, ist was passiert, hat dir einer was getan?« Und sie antwortete mit rotgeweinten Augen: »Ja, ja, jetzt bringen sie uns alle um.«

Langsam erfuhr er, was geschehen war: Der Bruder seiner Frau, sein Schwager, Lehrer in einer Dorfschule, drei Kilometer entfernt in einem anderen Ort, war aus seiner Schule vertrieben worden, einfach hinausgeworfen, einfach vor die Tür gesetzt, wie seine Frau es nannte, ohne sich dabei zu beruhigen: »Stell dir vor, sie haben die ganze Schule auf den Kopf gestellt, alles durchsucht, seine Wohnung, das Klassenzimmer, viele seiner Bücher in den Ofen geworfen, er selbst hat dafür Feuer machen müssen, um sie zu verbrennen. Stell dir das vor, und dann haben sie ihn davongejagt.«

Sie begann wieder zu weinen, und Willi stand da und fand kein Wort, mit dem er sie hätte trösten können. Sein Schwager, der ebenfalls Willi hieß und den man Köster-Willi nannte, war ein Kriegsgegner, ein Pazifist, ein Sozialdemokrat, nie hatte er aus seinen Anschauungen ein Hehl gemacht, war im Gegenteil öffentlich dafür eingetreten, wo immer es sich ergab: in der Schule, bei Versammlungen unter seinen Kollegen. Dies, dachte Willi, ist die Rache der Uniformträger, die sein Schwager nie geschont hatte, dies mußte so kommen. Vielleicht war es nur ein Anfang, vielleicht würde alles noch viel schlimmer werden. Betroffen sah er auf seine Frau, die vor ihm in einem Sessel saß, die Hände vor den Augen. Er konnte es nicht begreifen: einfach hinausgeworfen, einfach davongejagt, nicht einmal eine ordentliche Entlassung, nichts. Es gab doch einen Schulrat, eine Schulbehörde, viele Kollegen in anderen Dörfern, niemand hatte versucht, es zu verhindern, niemand sich dagegengestellt. Nur einmal fand er ein Wort: »Frieda, beruhige dich, das ist schlimm, aber morgen werde ich mit dem Ortsgruppenleiter sprechen, bestimmt, schon morgen, der wird das rückgängig machen, das ist doch ein guter Kunde von mir.« Aber er wußte auch zugleich, daß er niemals mit dem Ortsgruppenleiter sprechen würde. Er hatte Angst, sie überfiel auch ihn, jetzt, hier, in diesem Augenblick, angesichts seiner weinenden Frau.

An diesem Abend erfuhr er alles, was geschehen war; jeden Tag konnte sein Schwager abgeholt und verhaftet werden und vielleicht auf Nimmerwiedersehen verschwinden. Die Familie seiner Frau war auf alles gefaßt, auch auf das Unmöglichste; Furcht, Sorgen, Angst breiteten sich aus, ja, sie überwucherten alle klaren Überlegungen. Niemand begriff es; was gestern noch Recht, Gesetz und Ordnung gewesen war, nun brach es zusammen, verschwand, als wäre es nie gewesen. Eine Gemeinheit nannte es seine Frau, eine unerhörte Gemeinheit, und dann benutzte sie das Wort Willkür, die reine Willkür. Willi hatte das Wort von ihr nie gehört, sie mußte es von ihrem Bruder haben, die reine Willkür. Das Wort ging nicht aus seinem Kopf: Die Zeit der reinen Willkür war also angebrochen. Was aber sollte in einer solchen Zeit aus seinem Laden werden, was aus seiner in so vielen harten Jahren aufgebauten Existenz?

In dieser Nacht konnte er nicht schlafen; die Hände hinter dem Kopf, sah er an die Decke seines Eheschlafzimmers. Nein, er konnte kein Auge zumachen, wie er es nannte, kein Auge zu, immer sah er seine uniformierten Kunden vor sich, die über Nacht strammgewordenen Männer, hörte ihre Reden, ihre Schlagworte, sah ihren trunkenen Siegesrausch, sah, wie sie über ihn hinwegmarschierten, mit ihren Fahnen, ihren eng um den Bauch geschnallten Koppeln, ihren Stiefeln. Es waren seine ihm liebgewordenen Kunden, seine Freunde, viele von ihnen Duzbrüder. Jetzt verstand er sie nicht mehr, sie waren ihm fremd geworden, er begriff sie nicht, und er hatte sich doch Mühe gegeben, sie zu verstehen. Gewiß, er hatte immer geschwiegen zu ihren Reden, hatte sich zurückgehalten als kluger Geschäftsmann, für den er sich hielt, aber da war etwas, was in seinen Kopf nicht hineinging: ihre Begeisterung für einen Mann, den sie nicht kannten; ihre Anbetung der Fahne; ihr Glaube, daß nun allein durch ihre Bewegung alles anders, neu, besser würde. Sie nannten sich Revolutionäre, und obwohl er nicht genau wußte, was ein Revolutionär eigentlich war, fand er es doch höchst merkwürdig, daß nun seine Freunde, mehr oder weniger wohlmeinende Bürger, Handwerker, Geschäftsleute wie er selbst, sich Revolutionäre nannten, den Umsturz predigten, die Machtergreifung feierten und sich fast alle so benahmen, als hätte sie der große Veitstanz befallen.

Zum ersten Mal in seinem Leben dachte er

mit Widerwillen an den nächsten Tag in seinem Laden. Aber er würde hingehen wie an jedem Tag, es ging ja um sein Leben, sein Geschäft, seine Existenz. Ja, darum ging es, um seine Pflicht, er hatte ja Pflichten, er mußte seine sparsame Frau ernähren, seine noch sparsamere Tochter, er mußte sein vor einigen Jahren erbautes schönes Haus erhalten. Daran führte kein Weg vorbei.

So stand er am nächsten Tag wieder in seinem Laden, zurückhaltend, lächelnd, zu jedermann höflich, und hörte den Reden zu, den Gerüchten, wen es am Vortag getroffen hatte mit Haussuchung, Razzia, Verhaftung. Es waren nicht viele, nur wenige, die sich zu weit vorgewagt hatten. Auch sein Schwager wurde erwähnt: »Den hat es nun auch getroffen, das war ja zu erwarten, der konnte ja auch den Mund nicht halten.«

Die meisten hatten Verständnis für das, was geschehen war, sie fanden es richtig; einmal mußte ja aufgeräumt, einmal wieder für Ruhe und Ordnung gesorgt werden. Nur einige flüsterten ihm ihre Anteilnahme zu: »Mach dir keine Sorgen, Willi, das kommt schon wieder hin, das renkt sich alles ein, noch ist das letzte Wort ja nicht gesprochen.« Auch sie hielten sich zurück und wagten nicht mehr, laut und deutlich zu sprechen, wie sie es früher getan hatten.

Als der Ortsgruppenleiter den Laden betrat – und er kam wie an jedem Tag, um sich rasieren zu lassen –, machte Willi eine leichte Verbeugung zu ihm hin, nur angedeutet, nicht jovial, aber liebenswürdig. Das Gespräch unter seinen Kunden, es waren nur vier, die auf einen Haarschnitt oder eine Rasur warteten, stockte, wurde leiser und belebte sich erst wieder, als sich der Ortsgruppenleiter recht leutselig gab. Einer sagte: »Mensch, Fritz, jetzt bist du ja ein mächtiger Mann«, worauf ihn dieser scharf musternd ansah, als sei dieser Satz schon ein Staatsverbrechen. Der Herr Ortsgruppenleiter, so sprach man ihn jetzt an, Malermeister seines Zeichens, der mächtigste Malermeister im Ort, Besitzer von drei Häusern als Hintergrund, war von untersetzter Figur, sah etwas bullig aus, stämmig, wie man es auch nennen konnte, und lachte neuerdings nur noch selten oder nur bei bestimmten Anlässen. Seit Monaten gab er seinem Gesicht einen Ausdruck der Strenge und der Unnachgiebigkeit, was ihn oft blasser, ja, bleich erscheinen ließ.

Im übrigen nannte ihn jedermann »Fritz, den Anstreicher«, was ihn bei gehässigen Gegnern mit seinem Führer verband; aber den Schnäuzer, zu dem Willi ihm einmal, lange vor der Machtergreifung, geraten hatte, ließ er sich nicht wachsen.

Er hatte, wie er sich äußerte, jetzt keine Zeit mehr, es gäbe politisch zuviel zu tun, und mit einem fordernden Blick bat er die anderen wartenden Kunden, ihn vorzulassen. Ohne ihre Antwort abzuwarten, setzte er sich in den inzwischen frei gewordenen Frisierstuhl, und etwas zu eilfertig begann Willi, ihn einzuseifen. Nein, ihm fiel kein Wort für seinen Schwager ein. Er grübelte darüber nach, dachte bald dies, bald das, spürte gleichzeitig ein wenig Angst vor einer groben Antwort, falls er doch den richtigen Satz finden und aussprechen würde, schärfte wiederholt das Rasiermesser an einem dafür an der Wand vor ihm angebrachten Ledergurt, setzte das Messer an, rechts zuerst, und ehe er sich recht versah, hatte er beide Backen und das Kinn glatt rasiert, ohne ein Wort zu sagen, das richtige Wort. Schon hatte sich der Ortsgruppenleiter erhoben, etwas federnd, wie es neuerdings üblich war; er drückte ihm einen

Schein in die Hand und schritt mit einem »Heil« zur Ladentür hinaus.
Willi sah ihm mit zusammengekniffenen Augen und einem leicht mürrischen Gesichtsausdruck nach. Vielleicht ein andermal, dachte er, einmal muß ich mit ihm reden, dies war wohl nicht der richtige Zeitpunkt. Er fühlte sich trotzdem erleichtert; seine Aufgabe bedrückte ihn, es war ein Druck, der ihm unbekannt war, den er, so nahm er an, noch nie erlebt hatte, ein neues seltsames Gefühl aus Furcht, ein wenig Angst, aus Sorge um die Zukunft – er wußte es nicht genau. Nach einen Augenblick der Überlegungen, in dem er auf dem Frisiertisch vor sich herumkramte, wandte er sich wieder seinen wartenden Kunden zu: »Der Nächste bitte.«
Am Abend dieses Tages traf er seine Frau an wie in den Tagen vorher: verbittert, unruhig, mit Angst in den Augen. Auch in dem Haus ihrer Familie hatte es eine Durchsuchung gegeben: »Sie haben alles auf den Kopf gestellt, von unten bis oben, kannst du dir das vorstellen?« Er versuchte sie zu beruhigen, aber es gelang ihm nur schlecht, sie war wieder außer sich, wie sie es nannte, ganz außer sich. Er erzählte ihr von den Vorgängen im Laden,

von dem, was sich tagsüber ereignet hatte, von den Gerüchten, den Redereien, den Übertreibungen und den Untertreibungen, nur den Ortsgruppenleiter erwähnte er nicht, er sparte ihn einfach aus, und es erschien ihm auch im Augenblick ganz unwesentlich.

Als er an diesem Abend in seinem Bett lag, die Hände wie immer hinter dem Kopf verschränkt, kam er sich etwas merkwürdig vor, etwas schäbig, ein wenig, nicht zu sehr; nein, ganz schäbig nicht, der gute Vorsatz war ja geblieben, er brauchte sich das nächste Mal, vielleicht morgen schon, nur einen Ruck zu geben, einen richtigen Ruck, dann würde er den Ortsgruppenleiter ansprechen, vorsichtig natürlich, in seiner Art, aber doch unmißverständlich. Dieser Gedanke beruhigte ihn, er betete ihn sich immer wieder vor: Morgen, morgen werde ich bestimmt etwas sagen.

So vergingen auch diese Nacht, der nächste Tag und eine Reihe von Tagen – nein, er sprach den Ortsgruppenleiter nicht an, es blieb bei dem Vorsatz, dem beruhigenden Vorsatz, und dann kam der Tag von Potsdam. Sie nannten ihn so, seine Kunden, den Tag von Potsdam. Er konnte sich diesen Tag nicht recht vorstellen, er war nie in Potsdam gewesen, was er wußte, war lediglich, daß der Alte Fritz dort gelebt hatte, aber Fritz hieß auch sein Ortsgruppenleiter, und mit dem hatte er es zu tun. An diesem Tag feierte der ganze Ort, überall, jetzt hingen nicht nur in jedem zweiten, sondern in jedem Haus Fahnen heraus, über Nacht vermehrten sich die Uniformträger wie die Karnickel, er sagte es so zu seiner Frau, sie vermehren sich wie die Karnickel, ja, fast jeder Mann trug jetzt eine Uniform. Seine alten Kunden sprachen von den Märzgefallenen, und sie meinten damit jene, die im März von der einen Anschauung in die andere fielen, um sich nunmehr begeistert zu ihrem Führer zu bekennen. Auch ihm blieb jetzt nichts anderes übrig, als irgendwo eine Fahne anzubringen. Seine Frau war dagegen, die Fahne wurde Anlaß zum Streit. Willi hatte sie aus einem Geschäft im Ort mitgebracht, Fahnen wurden überall angeboten. Er nannte sie einen Lappen: »Es ist doch ganz egal, ob wir den Lappen heraushängen oder nicht, wir bleiben doch dieselben, wir ändern uns doch nicht.« Er dachte wieder an seinen Laden, an sein Geschäft, an seine Kunden, bei soviel Fahnen meinte er, käme es auf die eine oder die andere nicht an,

eine Fahne mehr oder weniger, das sei gleichgültig: »Ich hänge die Fahne auf jeden Fall hinaus, ich werde mir doch nicht meine Kunden verärgern, nein, das tu' ich nicht.«
Er fühlte sich nicht ganz wohl dabei, er gestand es sich ein, es war ihm peinlich irgendwie; er wußte nicht genau warum, alle taten es doch. Seine Frau litt darunter, er sah es ihr an, sie lief verzweifelt im Haus umher: »Nein, nein, das können wir doch nicht tun.«
Er ließ sich nicht beirren, sein Entschluß stand fest. Einer seiner Kunden hatte gestern zu ihm gesagt: »Na, Willi, du flaggst doch auch, morgen? Da müssen die Fahnen raus, das ist ein großer Tag.«
So dachten auch die anderen, die meisten, er wußte es, sie waren im Rausch, besoffen vor Begeisterung – für sich nannte er es besoffen –, sie waren alle besoffen bis auf wenige, und die schlichen umher und wagten kein Wort mehr zu sagen. Schon früh am Morgen dieses Tages von Potsdam machte er sich daran, die Fahne aus seinem Fenster im ersten Stock seines zweistöckigen Hauses hinauszuhängen. Er wollte sich dabei nicht sehen lassen, ja, er verbarg sich ein wenig, so daß der Eindruck entstand, als bewege sich die Fahne

selbständig ins Freie. Dann beschloß er, für den heutigen Tag nicht mehr aus dem Bau zu gehen, zu Hause zu bleiben und unter keinen Umständen an den Festivitäten teilzunehmen. Er sagte Bau und Festivität, wie es seine Art war, lachte verschmitzt dabei, lachte seine Frau an, die mürrisch am Kaffeetisch saß, und war mit sich zufrieden. Er hatte getan, was er konnte, mehr, so schien ihm, war nicht notwendig, mehr konnte man auch nicht von ihm erwarten.

Er war, so redete er sich neuerdings ein, ein Mann der Mitte, stand nach allen Seiten hin offen, war bald den einen, bald den anderen zugetan; jetzt gab es ja die einen schon fast nicht mehr, also blieben nur die anderen übrig, und mit denen würde er schon fertigwerden.

Auch dieser Tag von Potsdam ging vorüber. Danach ging alles noch schneller, nur sein Laden blieb unverändert. Alles lag ordnungsgemäß wie immer an seinem Platz: die Kämme, die Rasiermesser und Rasierpinsel, die Bürsten, Rasierwasser und Rasiercreme, die kleinen Parfums, die er selten brauchte, aber sorgfältig hütete, die Handtücher und die Frisiermäntel, die er mit einem leichten

Schwung und immer gekonnt von hinten über die Schultern seiner Kunden legte, wenn sie einen Haarschnitt verlangten. Niemand sprach nunmehr noch von Politik, und wenn, dann war es immer dasselbe: »Der Führer wird's schon machen« oder »Jetzt geht's doch wieder aufwärts« oder ähnliches. Er selbst brauchte nur noch mit dem Kopf zu nicken, und das tat er, wenn es von ihm erwartet wurde. Er hatte ein sehr feines und sicheres Gespür dafür entwickelt: Die einen erwarteten es und die anderen nicht. Sein Unterscheidungsvermögen für alles, was er durfte und was er nicht durfte, war gewachsen, er konnte gleichsam jede mißliebige Nuance in der Sprache des anderen wahrnehmen. Ja, er glaubte immer zu wissen, woran er mit dem anderen war, ohne sich etwas zu vergeben.

Selbst der Ortsgruppenleiter hielt ihn nun für einen Mann des neuen Reiches, nicht gerade enthusiastisch, das nicht, aber doch zuverlässig und aufrecht, ein Mann ohne Fehl und Tadel in seiner Gesinnung. Nur eins störte ihn in seinem Laden – zu Hause mit seiner Frau sprach er sowieso anders – das war der Ernst, mit dem über alles gesprochen wurde. Oft sann er darüber nach, wenn sein Laden gerade leer war, und er vor der Tür stand, um den Passanten nachzusehen. Dann kam es ihm vor, als sei früher alles heller, sonniger, fröhlicher, ja, schöner gewesen, besonders die Sommertage mit ihrem beharrlichen stetigen Ostwind, mit ihrem blauen verwehten Himmel, obwohl doch alle behaupteten, erst jetzt sei die wahrhaft große und schöne Zeit angebrochen. In solchen Augenblicken beschlich ihn ein Unbehagen, das er vergeblich zu unterdrücken versuchte, und das ihn erst, überraschend schnell, verließ, wenn ein Kunde ihn begrüßte und seinen Laden betrat.

Einmal schlug ihm jemand vor, doch ein Hitlerbild in seinem Laden aufzuhängen, es müsse ja kein großes sein, ein kleines genüge schon, eine gute Photographie. Er lehnte es nicht rundheraus ab; der Vorschlag, sagte er, sei interessant, er würde es bedenken, aber er dachte wie immer ›Kommt Zeit, kommt Rat‹ und schnitt dem Kunden aus Ärger die Haare etwas kürzer als vorgesehen: Ein Hitlerbild in seinem Laden, das war zuviel.

So verging ein gutes Jahr. Einmal, im Juni, gab es wilde Gerüchte in seinem Laden, der Führer wäre dabei, unter seinen Getreuen aufzuräumen; sie erschossen sich sozusagen gegenseitig, die Getreuen; auf Befehl natürlich, wie Willi heimlich zu seiner Frau sagte, immer auf Befehl. Er fand das nicht weiter schlimm: Wenn die sich gegenseitig umbringen, warum auch nicht, dachte er. Viele seiner Kunden waren da ganz anderer Meinung, für sie waren nun die noch gestern Hochgeehrten über Nacht zu gemeinem Lumpenpack geworden, Verräter allesamt. Willi fand das originell. Er konnte immer wieder fragen, höflich mit etwas Hinterlist: Den haben sie doch nicht erschossen, den doch nicht, nein? Worauf er meistens die Antwort bekam. Doch, gerade den, der war doch schon lange dran. Diese Tage brachten etwas Bewegung in seinen Laden, Unruhe, die fast eine Woche anhielt, dann wurde es wieder still. Nun wagten auch jene nichts mehr zu sagen, die sich vorher noch irgendwie geäußert hatten, dunkel zwar, in Andeutungen, oft unverständlich, aber Willi besaß doch schon ein feines, sehr feines Gespür für das, was gesagt werden sollte.

Dann, zwei Jahre später, kam ein Tag, der ihn besonders aufregte und den er im Gedächtnis behielt; er begann wie jeder andere, ein Frühlingstag, Mitte Mai. Der Tag war ruhig, die Kunden kamen fast in geregelten Abständen, und er bediente einen nach dem anderen, schnitt Haare, rasierte, stutzte Bärte, doch dann, in einer Pause, betrat der Ortsgruppenleiter den Laden, setzte sich in den Frisierstuhl und sagte: »Na, Willi, das übliche.« Willi beeilte sich, ihn zu bedienen. Aber bevor er anfangen konnte, er stand gerade davor, das Kinn des Ortsgruppenleiters einzuseifen, den Rasierpinsel schon erhoben, öffnete dieser den Mund: »Weißt du, Willi, ich habe mir das überlegt. Jetzt, glaube ich, wird es Zeit, daß du der Partei beitrittst, es ist besser für dich und dein Geschäft. Und überzeugt bist du doch?« Willi machte eine leichte Verbeugung, den Rasierpinsel immer noch zwischen Daumen und Zeigefinger; er war erschrocken, mehr als erschrocken, durfte es aber den Ortsgruppenleiter nicht merken lassen: »Überzeugt? Natürlich bin ich überzeugt.« Der Ortsgruppenleiter sah ihn scharf musternd an, mit einem Blick, wie Willi es später nannte, der Steine hätte zerspringen lassen, und antwortete: »Na, ganz bist du es wohl noch nicht, aber der Rest kommt noch, der kommt bestimmt, das glaube ich; außerdem denk an dein Geschäft.«

Willi wußte nicht, was er antworten sollte, jede Antwort konnte falsch sein, er wußte es, jetzt mußte er Vorsicht walten lassen, mußte sich so geschickt wie möglich aus der Schlinge ziehen; aber die Schlinge lag schon um seinen Hals, er spürte sie fast körperlich. Es gab wahrscheinlich keinen Ausweg: Ablehnen konnte er nicht, das hätte den Ruin seines Geschäfts bedeutet; die dunkle Drohung, seinen Laden zuzumachen, war unmißverständlich. Der Herr Ortsgruppenleiter würde bei aller Freundschaft nicht zögern, ihn unter Druck zu setzen. Er mußte, koste es, was es wolle, so tun, als sei dieses Angebot eine Ehre, eine große Ehre. So verbeugte er sich leicht ein zweites Mal und sagte: »Ich freue mich, ich habe schon lange daran gedacht, aber ich fühlte mich dem noch nicht ganz gewachsen, ich war noch nicht so weit. Parteimitglied, das ist doch etwas Besonderes.«

Der Ortsgruppenleiter, Willi hatte ihn immer noch nicht eingeseift, sah ihn lachend an: »Etwas Besonderes ist es schon, das muß man zu schätzen wissen, und dem muß man sich würdig erweisen. Weißt du, machen wir es kurz und bündig: Ich schicke dir die Aufnahmepapiere zu, und du schickst sie mir in drei Tagen ausgefüllt zurück. Alles andere erledige ich. Einverstanden?«

Ja, Willi war einverstanden und war es doch nicht, er hätte am liebsten den Rasierpinsel in die Ecke geschmissen und den Ortsgruppenleiter gebeten, seinen Laden zu verlassen; das ging ihm dauernd durch den Kopf: Hinschmeißen und Rausschmeißen. Etwas wie Jähzorn stieg in ihm auf, leicht jähzornig war er in seiner Jugend gewesen, beim Militär hatte man es ihm ausgetrieben, schonungslos; jetzt packte es ihn wieder, nach zwanzig oder noch mehr Jahren, er fühlte sich in eine Ecke getrieben, fühlte sich wie ein gehetztes Wild, er kam aus der Schlinge, die ihm der Ortsgruppenleiter um den Hals gelegt hatte, nicht wieder heraus, er wußte es. Aber er gab sich, als sei es ihm eine Ehre, er begleitete den Ortsgruppenleiter zur Tür, nur sein »Heil« klang nicht wie ein Gruß, sondern war mehr geflüstert als gesprochen. Er fürchtete sich vor seiner Frau, sie würde sich maßlos aufregen, ihm eine Szene machen, ihre Familie wahrscheinlich Kopf stehen, nein, er konnte es ihr nicht sagen, er mußte es verschweigen, solange es ging, einfach so tun, als wäre gar nichts geschehen. Er überlegte hin und her,

Sagen oder Nichtsagen, Reden oder Nichtreden – er wußte sich keinen Rat. Es würde ja doch herauskommen, vielleicht schon nach wenigen Tagen oder Wochen, vielleicht mußte er sich auch das Parteiabzeichen anstecken, der Ortsgruppenleiter würde bestimmt darauf achten und andere Kunden sicherlich auch. Es hatte keinen Sinn, es zu verschweigen, er gestand es sich ein, und je länger er überlegte, um so mehr kam er zu dem Entschluß, es seiner Frau doch zu sagen. Vielleicht konnte sie ihm helfen, vielleicht wußte ihre Familie einen Rat, irgendeinen, es mußte doch eine Möglichkeit geben, dem zu entrinnen. Nein, er wollte nicht in die Partei, sich nicht völlig festlegen, er war kein Sieger, er gehörte nicht dazu.

Am Ende dieses Tages saß er am Abendbrottisch, aß schweigend, langsam kauend, fast mahlend, in schlechter Laune, so daß seine Frau, die ihm gegenüber saß, schließlich fragte: »Willi, was hast du, was ist los, irgend etwas ist doch los?«

Sie sah ihn an, und er sah sie an, ihre Blicke begegneten sich: Ihre mißtrauisch, fragend, seine unsicher, verzweifelt. Er konnte sich den Schreck vorstellen, wenn sie es erfuhr; es

würde bei ihr einen Schock auslösen, dessen war er sich sicher. Trotzdem mußte er es ihr sagen, jetzt, gleich, es war ja auch ihre Sache, nicht nur seine. So lehnte er sich zurück auf seinem Küchenstuhl, weit zurück, Messer und Gabel noch in den Händen, er mußte sich irgendwo festhalten, und wenn es auch nur Messer und Gabel waren, irgendwo: »Ich muß in die Partei, der Ortsgruppenleiter verlangt es von mir, sonst machen sie mir den Laden zu. Kannst du dir das vorstellen, in die Partei!«
Sie konnte es sich nicht vorstellen, er sah es ihr an; überraschend für ihn, geriet sie nicht außer sich, nur ihre Augen weiteten sich ein wenig und füllten sich langsam mit Tränen, sie schwollen an, wurden mehr, liefen über die Backen hinunter bis zum Kinn, und nach kurzer Zeit sah ihr Gesicht aus, als hätte sie sich gerade gewaschen und vergessen, sich abzutrocknen. Er hatte viele Reaktionen erwartet, nur nicht diese, diese nicht. Verblüfft sah er sie an, es war ihm selbst weinerlich zumute, auch ihm kamen jetzt die Tränen, aber er war ein Mann, er durfte sich keine Tränen gestatten, und schon gar nicht in dieser Zeit. Ich muß abwarten, bis sie sich beruhigt hat,

bis die Tränen versiegt sind, dann, dachte er, kann ich vielleicht in Ruhe mit ihr darüber sprechen. Hilflos saß er ihr gegenüber, hantierte mit Messer und Gabel, legte sie auf den Teller zurück, nahm sie wieder auf und legte sie erneut zurück, er kam sich vor wie ein Schwimmer in einem endlosen Meer, dessen Kräfte allmählich nachlassen, erlahmen, und der zu versinken droht.

Langsam versiegten die Tränen seiner Frau, einmal verschluckte sie sich, dann ein zweites Mal, dann nahm sie ihr Taschentuch, trocknete damit ihr Gesicht ab und flüsterte: »Geh nur, geh in die Partei, da gehörst du ja hin.«

Jetzt war es an ihm sich aufzuregen: »Wieso gehöre ich in die Partei, warum gehöre ich dahin, nur weil ich die Fahne rausgehängt habe?« Sie antwortete nicht gleich, sie legte ihren Kopf auf den Küchentisch zwischen ihre Arme, nun konnte er ihr Gesicht nicht mehr sehen, nur ihr Schluchzen hören, und sie schluchzte noch immer. »Nein«, flüsterte sie, »deswegen nicht. Du kannst ja nicht anders. Was sollst du auch weiter tun. Sie zwingen dich ja doch, ich weiß, sie zwingen ja alle.«

Erleichtert atmete er auf, sie begriff also, um

was es ging, sie verstand ihn, er hatte ja keine Wahl, keine Entscheidung zwischen Ja oder Nein. Vielleicht, versuchte er sich einzureden, ist es nur eine Lappalie, so viele waren in der Partei, die keineswegs ganz überzeugt waren, sie spielten nur mit, aus welchen Gründen auch immer, waren begeistert, wenn es von ihnen verlangt wurde, und redeten mit zwei Zungen, flüsternd nach der einen, der verbotenen Seite, und laut nach der anderen. Er gehörte nicht zu ihnen, aber nun würde wohl auch er bald dazugehören. Seine Frau würde ihn deswegen nicht verstoßen, nicht verachten, das wußte er, dessen war er sich sicher, sie hatte sich beruhigt, er sah es ihr an, ihre verweinten Augen wurden allmählich wieder klar. Doch jetzt sagte sie etwas, was ihn für einen Augenblick bedrückte: »Geh hinüber zu meiner Familie. Erzähl es ihnen. Es ist besser für mich und auch für dich. Sie erfahren es ja sowieso.«

Er fand nicht gleich eine Antwort; es war ein schwerer Gang für ihn, aber es blieb kein anderer Weg, er mußte zu seinem Schwager gehen, dem entlassenen Lehrer: Wenn der ihn verstand, wenn der seine Situation begriff, dann war alles in Ordnung, dann würde sich auch seine Frau ganz und für immer beruhigen. Mehr als Parteimitglied konnte er ja nicht werden, und höher hinauf würde er sich unter gar keinen Umständen schieben lassen, ganz gleich, was auch immer noch geschehen sollte. So versprach er seiner Frau, spätestens in einer halben Stunde zu seinem Schwager zu gehen, mit ihm zu reden und um sein Verständnis zu bitten. Es würde ihm schon gelingen, ihn für sich zu gewinnen.

Alles wurde einfacher für ihn, als er es sich vorgestellt hatte; sein Schwager, der entlassene Lehrer, der Willi hieß wie er und Köster-Willi gerufen wurde, zeigte mehr Verständnis, als er erwarten konnte. Die Partei sei ja nur ein Vehikel, sagte er, mehr nicht, und sein Geschäft aufs Spiel setzen, das ginge nicht, das sähe er nicht ein; außerdem, wenn einmal alles anders käme, dann wäre er ja auch noch da, niemals würde er ihn fallenlassen. Und dann sah er ihn groß an und sagte: »Du bist ja dagegen. Das weiß ich doch.«

Für einen Augenblick wurde Willi unsicher, es war ihm nicht ganz klar, ob er dagegen war oder nicht; doch jetzt, hier, seinem Schwager gegenüber, war er dagegen, das war gewiß. Er nickte, seine Zustimmung war unmißver-

ständlich, und gleichzeitig schluckte er den Satz: ›Ich bin dagegen‹ hinunter, worauf dieser gleich wieder empor und in seinen Kopf stieg, und er ihn nochmals hinunterschluckte, ja, er war dagegen, daran bestand kein Zweifel. Sein Schwager klopfte ihm auf die Schulter, jovial, freundschaftlich, sie kannten sich ja schon seit urdenklichen Zeiten: »Mach dir nichts draus. Es kommt einmal alles anders. Wenn die abgewirtschaftet haben, dann sind wir dran. Darauf kannst du dich verlassen.«
Beschwingt kehrte Willi zu seiner Frau zurück, trat in die Küche, lachte sie an, verschmitzt und etwas hinterlistig, rieb sich die Hände und lief ohne Halt dreimal um den Küchentisch herum. Jetzt konnte ihm nichts mehr passieren. Er war nach allen Seiten hin abgesichert. Nun konnte ihm der Ortsgruppenleiter die Aufnahmepapiere schicken, er würde sie ordnungsgemäß ausfüllen. Gewiß, er war nicht ganz glücklich, nicht rundherum, wie er sagte, da blieb ein Unbehagen, dem er sich nicht entziehen konnte, aber es schwächte sich mit jeder Stunde, die verging, mehr und mehr ab, wurde kleiner, immer kleiner, und, so dachte er, würde morgen vielleicht ganz verschwunden sein.

Auch in dieser Nacht lag er lange wach, die Hände hinter dem Kopf verschränkt, starrte zur Decke hinauf, und allmählich löste sich für ihn alles in Wohlgefallen auf: Sein Laden, das war nun klar, würde bestehenbleiben, ja, er überlegte, ob er sich in absehbarer Zeit nicht einen zweiten Frisierstuhl anschaffen sollte und dann, nach einigen Jahren, vielleicht auch noch einen dritten. Kurz bevor ihn der Schlaf übermannte, schon fast im Traum, sah er ein großes Herrenfriseurgeschäft vor sich, mit allen Schikanen, wie er dachte, ein blühendes Geschäft, in dem er der Chef war, ohne noch unmittelbar tätig zu sein.

Er hatte sich nicht geirrt. Schon am nächsten Morgen, als er am Frühstückstisch saß, war das Unbehagen so gut wie verschwunden, nur seine Frau war noch recht mürrisch, fast so wie am Tag zuvor. Sie hatte sich noch nicht damit abgefunden, er sah es an ihren Augen, und ganz unvermittelt, plötzlich sagte sie, wobei sie ihn nicht ansah, sondern in eine Ecke der Küche starrte, als stünde dort jemand: »Du gehst also in die Partei?«

Er war ein wenig verblüfft, warum fragte sie noch, es war doch schon gestern klar, daß

ihm keine andere Möglichkeit blieb, und heute war es doch schon so gut wie selbstverständlich. So antwortete er kurz und bündig: »Was soll ich denn weiter tun?«, und sie erwiderte: »Ja, was sollst du anderes tun.«
Dabei blieb es, sie sprachen nicht mehr darüber, auch nicht in den nächsten Tagen, das Thema war erledigt, so nannte er es: ein erledigtes Thema.
Die Tage vergingen, die Wochen, die Monate. An einem dieser Tage wurde er Parteimitglied, es war nun eine einfache, alltägliche Angelegenheit, es sprach sich trotzdem herum, seine Kunden wußten es bald, aber er hatte es geschafft: Niemand nahm es ihm übel, es gab keine Verlegenheit für ihn, keine peinliche Situation. In seiner unverbindlichen, zurückhaltenden, höflichen Art konnte er sich mit allen unterhalten, so wie es vorher gewesen war. Die einen, die wenigen, die noch dagegen waren, flüsterten mit ihm, und er flüsterte zurück, ja, er hatte es schon so weit gebracht, daß er an ihren Gesichtern sah, was sie dachten, und sie hielten ihn trotz seiner Parteimitgliedschaft für ihren Mann, und die anderen, die Parteigänger, die Uniformträger, die Herren, die Sieger, die Heilschreier

waren sich sicher, daß er zu ihnen gehörte. Es war, manchmal gestand er es sich ein, wenn er abends nach Hause ging, ein ewiges Jonglieren, aber er glaubte, gerade dies vorzüglich zu beherrschen; er war schließlich Friseur, und ein Friseur war nach seiner Ansicht zuerst für seine Kunden da, und eine eigene Meinung durfte er sich höchstens zu Hause leisten.
Es folgten zwei friedliche Jahre. Die politischen Ereignisse draußen widerspiegelten sich in seinem Laden, die Erfolge seines Schnäuzer-Führers, wie er ihn für sich noch immer nannte, waren auch für ihn unübersehbar, ja, manchmal, doch nur selten, kam es ihm vor, als seien es auch seine eigenen Erfolge. So packte der Erfolgsrausch seiner Kunden auch ihn gelegentlich, doch er gab sich Mühe, bei Sinnen zu bleiben. ›Bei Sinnen bleiben‹, das war ein Satz, den er oft für sich gebrauchte, er blieb, wie er war: zurückhaltend, höflich und freute sich nur mit, wenn es ihm unbedingt notwendig erschien.
Dann kam ein Tag, der ihn fast gegen seinen Willen nach vorne schob, in die Pose eines Siegers, eines Helden.
In den drei Jahren, die er beim damals noch

kaiserlichen Heer verbracht hatte, war er ein hervorragender Schütze geworden, die Zwölf zu treffen machte ihm keine Schwierigkeiten, ja, er schoß gern: Die kleinen Triumphe, die damit verbunden waren, machten ihm Spaß. Seit seiner Jugend gab es in dem Ort, in dem er seinen Laden betrieb, einen Kriegerverein, ein Verein aus lauter alten Kriegern, ehemaligen Soldaten, Veteranen des Weltkriegs. Sie waren stolz auf ihre militärische Vergangenheit. Soldat gewesen zu sein, das gehörte zum guten Ton, jetzt noch mehr denn je. Mit Orden und Ehrenzeichen schmückte man sich bei jeder Gelegenheit, und besaß man das Eiserne Kreuz, so war man, zumindest für sich selbst, einer der Tapferen gewesen, tapfer in den mörderischen Schlachten jenes Krieges, vor Verdun, in Flandern, an der Somme. Tapfer sein, Mut zur Tat zu besitzen, das galt auch jetzt wieder.

So hatte der alte Kriegerverein den Wandel der Zeit überstanden. Er wurde nicht aufgelöst, nur der Partei, dem Ortsgruppenleiter, unterstellt, und dieser hatte, ohne die alten Herren des Vereins lange zu fragen, ein großes Preisschießen angesetzt. Willi erfuhr es fast als erster, unmittelbar aus dem Mund des Ortsgruppenleiters. Er erzählte es ganz nebenbei, im Frisierstuhl sitzend; sagte etwas vom wehrhaften Volk, wehrhaft müsse das ganze Volk werden, das sei dringend erforderlich. Jetzt benutzte man wieder die Gewehre. Zwei Wochen später kam es dann zum großen Schießen, an dem selbstverständlich auch Willi teilnahm, er gehörte ja dazu, niemals hätte er sich erlaubt, fernzubleiben, ja, er dachte nicht einmal über eine solche Möglichkeit nach.

So marschierte auch er, festlich gekleidet wie alle anderen, in seinem schon etwas abgetragenen blauen Anzug an einem Sonntag mit zu den Schießständen im Wald. Es war ein langer Zug von Schützen, braunen Uniformen hoher Parteichargen, alten Gehröcken aus der Kaiserzeit, grauen Uniformröcken von damals und hellgekleideten sogenannter Ehrenjungfrauen, die ihr Haar geknotet trugen, so, wie es jetzt wieder üblich war. Ganz voran marschierte eine Blaskapelle, die einen Militärmarsch nach dem anderen spielte, was vielen in die Füße fuhr, ihre Beine scheinbar mit Musik füllte, denn sie hoben und senkten sie mit dem Takt des jeweiligen Marsches.

Bei den Schießständen angekommen, löste sich der Zug auf, und das große Schießen begann. Für die Partei und damit für den Ortsgruppenleiter war es ein besonderes Schießen. Der erste Preis war ein Hitlerbild in Öl von beträchtlicher Größe. Ein Kunstmaler, der Jahr für Jahr seine Sommerzeit in dem Ort verbrachte, hatte es gestiftet, wie der Ortsgruppenleiter in einer kurzen Ansprache sagte, ein Geschenk von beträchtlicher Bedeutung, wer immer sich dieses Bild erschießen sollte, könne sein ganzes Leben lang darauf stolz sein, es sei ein Meisterwerk.
Seine Zuhörer überfiel eine Art Ehrfurcht vor soviel Feierlichkeit und Größe. Die umständliche Enthüllung des Bildes trug noch dazu bei, die Spannung zu erhöhen, und als er endlich sichtbar war, der Führer in Öl, mit einem beherrschenden Blick auf sein Volk, entfuhr vielen ein Ah und Oh und Gut oder Sehr gut oder was einigen sonst noch einfiel. Es war ein unvergeßlicher Augenblick, wie manche später sagten.
Willi stand etwas abseits, wie es seine Art war. Er bewegte sich immer etwas abseits bei größeren Ansammlungen von Menschen, er gab sich keiner Begeisterung hin wie die an-

deren, sagte weder Ah noch Oh, sondern lächelte nur, mehr in sich hinein als nach außen sichtbar; sein Schnäuzer-Führer gefiel ihm nicht sonderlich, so wie er da aus den Ölfarben auf ihn herunterblickte. Nein, er wollte ihn nicht haben, unter gar keinen Umständen. Er würde versuchen, nicht zu gut zu schießen, nicht besser als die anderen; das war seine Absicht, das nahm er sich vor, aber er durfte sich auch nicht blamieren, er mußte, das wußte er, den mittleren Weg nehmen, eine Elf, eine Zehn und vielleicht eine Neun, niedrigere Zahlen würde ihm niemand abnehmen.

Das Schießen ging nach dem Alphabet vor sich, und er war erst bei L dran, so hatte er Zeit, ein wenig herumzugehen, sich mit diesem und mit jenem zu unterhalten, sich anzuhören, was alle erwarteten und auf wen sie setzten; auch er selbst war darunter, viele setzten auf ihn.

Es war ein schöner heißer Sommernachmittag. Das Wettschießen hatte zahlreiche Neugierige angelockt, der ganze Wald war belebt, helle Kleider, Gelächter, Fröhlichkeit, die Blaskapelle spielte immer noch, wenn auch jetzt mit größeren Pausen, und hin und wieder sogar einen Walzer. Es gab in den eigens aufgebauten Buden Bier, scharfe Schnäpse und heiße Würstchen, es war wie ein Sommerfest mit halbmilitärischem Beigeschmack. Als der Buchstabe L dran war, wurde Willi als erster aufgerufen. Nach allen Seiten lächelnd, leicht ironisch, leicht skeptisch, ging er durch ein Spalier von Schützen zu dem ihm angewiesenen Schießstand. Immer noch war er fest entschlossen, nicht der Allerbeste zu werden, doch kaum hatte er das Gewehr in der Hand, überfiel ihn etwas wie Ehrgeiz. Das Hitlerbild wollte er nicht haben, aber doch einer der drei oder vier Allerbesten sein, das, so glaubte er in diesem Augenblick, war er seinem guten Ruf schuldig; es hatte zwar nicht unmittelbar mit seinem Geschäft zu tun, aber in gewisser Hinsicht doch. Ein guter Friseur mußte auch ein guter Schütze sein: Auf die sichere Hand kam es an.

So schoß er nach bestem Wissen und Gewissen, wie er es später nannte, eine Zwölf, eine zweite und dritte, drei Zwölfen, immer ins Schwarze, genau ins Schwarze, und war, kaum hatte er nach dem letzten Schuß das Gewehr abgesetzt, schon umringt von Gratulanten.

Bescheiden wehrte er alle Gratulationen ab, noch, sagte er, sei man ja erst bei L, da kämen vielleicht noch mehr gute Schützen, und vielleicht gäbe es zum Schluß noch ein Stechschießen, das sei ja noch nicht zu übersehen. Sogar der Ortsgruppenleiter kam auf ihn zu: »Mensch, Willi, das hast du gut gemacht«, und er antwortete, wieder zurückhaltend wie immer: »Man tut, was man kann.« Er war ein wenig stolz, das gestand er sich ein, zugleich aber auch etwas mißmutig, Zweifel überfielen ihn: Vielleicht hätte er doch bei seiner Absicht bleiben sollen, nicht so gut zu schießen; das Bild wollte er ja nicht, und was würde die Familie seiner Frau dazu sagen, falls er wirklich damit nach Hause käme.

Er ging etwas unruhig hin und her, immer etwas abseits von den vielen alten Kriegern, den Schaulustigen, den neugierigen Gästen. Es interessierte ihn nicht, wie die anderen, seine Nachfolger schossen, drei Zwölfen waren schlecht auszustechen, und je näher der Augenblick der Preisvergabe kam, um so mißmutiger wurde er. Dann erscholl überraschend schnell ein Fanfarenstoß durch den Wald, eine Siegesfanfare, hoch, schmetternd, grell, es war soweit, das Schießen war beendet, der Sieger stand fest. Willi hörte seinen Namen rufen, er war der Sieger, er ging nach vorn, schon beklatscht und bejubelt, bis zu der Tribüne hin, auf der der Ortsgruppenleiter stand, das Hitlerbild vor sich, das ihm bis zur Brust reichte. Er hielt eine kurze Ansprache nach den Redeschemen dieser Zeit, in jedem dritten Satz tauchte der Führer auf. Markig stiegen seine Worte zu den Kronen der Buchen und Kiefern hinauf und verschwanden im heiterblauen Himmel. Dann übergab er Willi das Hitlerbild. Hunderte von erhobenen Armen reckten sich dem Bild und damit auch Willi entgegen, der etwas hilflos auf der Tribüne stand und nicht recht wußte, wie er sich benehmen sollte. Die Heilrufe wollten kein Ende finden, und er hätte sich beinahe leicht verbeugt vor soviel Begeisterung, doch der Ortsgruppenleiter winkte im gleichen Augenblick ab und erklärte das große Schießen für beendet.

Jetzt war es an Willi, das Bild unter den Arm zu nehmen und von der Tribüne hinunterzutragen. Es gelang ihm nicht, das Bild war zu groß, es paßte nicht unter seinen Arm. So trug er es mit beiden Händen vor sich her, umringt von begeisterten Zuschauern. Jeder

wollte das Bild noch genauer sehen, es eingehender betrachten; einige benahmen sich sogar, als seien sie Kunstsachverständige, sie wollten es studieren, das Bild.
Auf Befehl des Ortsgruppenleiters begann der Zug sich wieder zu ordnen und zum Abmarsch fertig zu machen, zuerst bis zu Willis Haus, dort sollte das Führerbild feierlich seinen Einzug halten. Dieses Vorhaben des Ortsgruppenleiters verstimmte Willi endgültig, er wurde noch mißlauniger, als er schon war. Was würde seine Frau sagen, wohin sollte er mit dem Bild, wo es aufhängen, ein Bild, das er am liebsten auf dem Boden versteckt hätte. Aber er gab sich liebenswürdig wie immer, freundlich, als sei er überaus glücklich, er lächelte nach allen Seiten, ja, sein Lächeln saß wie festgefroren in seinem Gesicht.
Er mußte, er wollte es nicht, doch er mußte mit dem Hitlerbild vorangehen, noch vor der Blaskapelle, die wieder ihre forschen Märsche spielte, und neben dem Ortsgruppenleiter. Es war ein Triumph mit immer neuen Ovationen für ihn. Vor seinem Haus angekommen, hielt der ganze Zug, alle Teilnehmer hoben die Arme, und er trug, gefolgt vom Ortsgruppenleiter und einigen alten

Parteimitgliedern, das Bild in sein Haus, während die Blaskapelle spielte und einige sogar »Heil Willi!« schrien.
Seine Frau stand in der Haustür, nein, sie weinte nicht, sie gab sich Mühe, er sah es, ein strahlendes Gesicht aufzusetzen, als sei auch sie überaus glücklich, ein solches Bild zu besitzen.
Alle betraten das Haus, der Ortsgruppenleiter voran. Das Bild, sagte er, müsse an eine besondere Stelle gehängt werden, möglichst an eine ganz freie Wand. Sie gingen durch das Haus, besichtigten das Wohnzimmer, ein Nebenzimmer, die Küche, aber der Ortsgruppenleiter war unzufrieden, nirgends fand er, was er suchte; endlich, im Schlafzimmer, blieb er vor den beiden Ehebetten stehen, betrachtete lange die Wand dahinter, ja, das war es, diese Wand schien ihm geeignet. »Dort«, so sagte er, »muß das Bild hängen, die Wand ist richtig«. Willi hätte gern widersprochen, seine Lippen bewegten sich, als sprächen sie schon. Niemand, so dachte er, kann mir zumuten, Nacht für Nacht unter diesem Bild zu schlafen, aber er beherrschte sich, beherrschte sich so vorzüglich, wie er es gewohnt war, er lachte nur und machte eine

Bemerkung, die der Ortsgruppenleiter für höchst anzüglich hielt und sofort in einem barschen Ton zurückwies: »Das Bild kommt an diese Stelle, und damit punktum!« Das war ein Befehl, und Willi nahm ihn hin, ohne noch einen Widerspruch zu wagen. Er wußte, daß er das Bild dort aufhängen mußte, es blieb ihm keine andere Wahl, die Partei würde es kontrollieren bei jeder Gelegenheit, die sich bot.

Eine halbe Stunde später, kaum hatte der Ortsgruppenleiter das Haus verlassen, hatten die Festteilnehmer sich verlaufen, machte er sich bereits an die Arbeit. Er rückte die Ehebetten beiseite und begann, auf einer Leiter stehend, einen Bilderhaken in die Wand zu schlagen. Seine Frau stand daneben mit einem Gesicht, von dem er sagte, es hätte ihr wohl nun endgültig die Suppe verhagelt. Sie gab es zu, sie war fassungslos, erbost und hätte gern geweint vor Wut, aber sie schluckte die Tränen hinunter und sagte: »Was uns die bloß alles zumuten, das ist doch unerhört, jetzt können wir jede Nacht unter dem Hitler schlafen, immer sieht der zu, wenn man sich auszieht, wenn man sich anzieht, immer. Das ist furchtbar. Findest du das nicht auch?«

Ja, er fand das auch. Er sagte es, während er den Hammer schwang, unerhört, unerhört, er fühlte sich nicht wohl dabei, gar nicht wohl, er war ja selbst schuld, er hätte nur schlechter schießen müssen, sehr viel schlechter.

Am Abend, schon zur Nacht hin, lag er, die Hände wie immer hinter dem Kopf verschränkt, in seinem Bett. Morgen würden sie alle kommen, seine Kunden, und ihm gratulieren, ihn bejubeln und ihn um das kostbare Bild beneiden: Hitler in Öl. Es verursachte ihm Unbehagen, ein unangenehmes Gefühl in der Magengegend, er dachte darüber nach, wie er das Bild wohl wieder loswerden könnte, verkaufen, verschenken, zerstören, alles fiel ihm ein; nur er wußte auch, daß er damit in den Verdacht der Parteigegnerschaft geraten würde. Das aber konnte er sich nicht leisten. Seine Existenz stand dabei auf dem Spiel.

Schon am nächsten Morgen sah alles ein wenig anders aus, leichter, einfacher, er würde schon damit fertig werden, irgendwie, er mußte es nur auf die leichte Achsel nehmen. Ein Bild, mehr war es ja nicht, ein Bild, das ihm zugefallen war, das konnte er jedem ver-

ständlich machen, auch seinem Schwager, dem entlassenen Lehrer. So sprang er zuversichtlich, wenn auch nicht allzu fröhlich, aus seinem Bett, im Nachthemd, unter dem seine blaßweißen Beine hervorsahen, denn er war weiß am ganzen Körper, nie hatte er ihn der Sonne ausgesetzt, trat an das Ende der Ehebetten, hob den Arm zu seinem Hitlerbild hin und sagte: »Guten Morgen, Herr Hitler, ich werde dich wieder loswerden, bestimmt. Darauf kannst du dich verlassen. Heil.«
Seine Frau saß dabei aufrecht in ihrem Bett, etwas aufgelöst, ihre schwarzen Haare fielen ihr auf die Brust, und wunderte sich über sein Benehmen: »Aber Willi, was machst du denn, um Gottes willen, wenn das einer von der Partei sieht, was dann, was dann?«
Und Willi antwortete, indem er seinen Arm sinken ließ: »Das werde ich jetzt jeden Morgen machen, jeden Morgen, verstehst du, solange der da hängt, so lange, bis wir ihn wieder los sind.« Seine Frau begann zu lachen, es war ein leichtes Lachen, ein Lachen des Verstehens, das erste Lachen seit vielen Wochen, und Willi nahm es auf wie ein Geschenk. Endlich sah auch sie ein, daß er nicht anders hätte handeln können, nie etwa so wie sein

Schwager, der Lehrer. Was wäre aus ihnen geworden, aus ihrem Leben, aus seinem Geschäft; man konnte ja dagegen sein, heimlich, konnte sich darüber lustigmachen, in den eigenen vier Wänden, nachts unter der Bettdecke, die jedes anstößige Wort verschluckte, aber offiziell, draußen, mußte man mit den Wölfen heulen. Da blieb gar nichts anderes übrig.

Es kam alles so, wie er es erwartet hatte. Seine Kunden gratulierten ihm, beneideten ihn, ja, es kamen an diesem Tag mehr Kunden als sonst, alle wollten sich rasieren lassen, obwohl es bei einigen gar nicht nötig war. Sie waren neugierig, sie kamen, um ihn zu sehen, er war plötzlich Mittelpunkt, ein Mann, der sich ein berühmtes Hitlerbild erschoß, mit drei Zwölfen, ohne dabei mit der Wimper zu zucken, wie einer sagte, ja, ganz selbstverständlich. Er nahm alle Komplimente hin, verbeugte sich leicht wie immer, lächelte und sagte hin und wieder, leise, zurückhaltend, bescheiden: »Na ja, so schlimm war es ja nicht. Man braucht ja nur hinzuhalten.«

Er war ein wenig stolz, nicht sehr, ein Gefühl, das immer wieder, bei fast jeder Gratulation in ihm auftauchte, er konnte es nicht

verhindern, und zeitweise wollte er es auch nicht.
Was er an diesem Tag noch nicht wußte, begann er am nächsten Tag zu ahnen. Alle wollten das Bild sehen, Kunden, Gäste, die sich vorübergehend in dem Ort aufhielten, Laufkunden, die von irgendwo herkamen, ja, das mit dem Hitlerbild im Schlafzimmer über den Ehebetten, das hatte sich herumgesprochen, war fast eine Sensation. Er konnte es nicht verhindern, daß viele zu seinem Haus wallfahrteten, dort seine Frau herausklingelten und sie baten, doch einen kurzen Blick auf das Bild werfen zu dürfen. Willi fand das ein starkes Stück, und für seine Frau war es ganz und gar unerträglich; ihr Schlafzimmer, sagte sie, sei ja kein Wallfahrtsort, keine Kirche, keine Galerie, kein Museum. Oft war sie, wenn er am Abend nach Hause kam, außer sich, sie nannte es so, »Ich bin außer mir, wenn das so weiter geht, werde ich noch verrückt.«
Seine tägliche Erzählung über das, was so in seinem Laden geschehen war, trat von einem Tag zum anderen in den Hintergrund, statt dessen erzählte jetzt seine Frau; ein empörter, stets langanhaltender Bericht über die

Vorgänge in ihrem Schlafzimmer, wie sich ihre Besucher benommen hatten, was der oder der gesagt hatte. »Und alle«, so erzählte sie fast jeden Abend, »haben dagestanden so wie die Ölgötzen, ja, wie die Ölgötzen, genau so.«

Doch die Besucher wurden nicht weniger, sondern im Lauf der Sommermonate immer mehr. Es hatte sich bis in entfernte Ortschaften herumgesprochen. Hitler in Öl? Das wollten alle sehen, ein Meisterwerk, so hatte es die Partei in einer Verlautbarung genannt. So marschierten sie durch das Schlafzimmer: fast die ganze Partei dieser Gegend, ganze Ortsgruppen mit ihrem Ortsgruppenleiter an der Spitze, Zivilisten und Uniformierte, Schulkinder mit ihrem Lehrer – ein ununterbrochener Strom von Besuchern.

Willi nahm sich immer wieder vor, mit dem Ortsgruppenleiter zu sprechen, ihn zu bitten, das Bild woanders aufhängen zu dürfen, etwa im Gemeindesaal, in der Schule, im Krankenhaus, dort könne es von allen bewundert werden. Aber er wagte es nicht, er verschob es von einem Tag auf den anderen.

Als er endlich eine vorsichtige Andeutung machte, reagierte der Ortsgruppenleiter, wie

er es erwartet hatte: »Das Bild bleibt bei dir, Willi. Es gehört ja dir. Und du bist doch stolz darauf, oder nicht?«
»Natürlich«, antwortete Willi, »sehr sogar, sehr stolz, das kann man sagen«, worauf der Ortsgruppenleiter bedeutungsschwer nickte und mit einem kurzen »Na also« die Unterhaltung abschloß.
Erst als der Winter begann, nahm der Besucherstrom ab, er versickerte gleichsam; von Tag zu Tag wurden es weniger, und schließlich kam keiner mehr. Doch schon im nächsten Sommer belebte es sich wieder, wenn auch nicht im gleichen Umfang wie im ersten Sommer.
Die Zeit verging. Willi und seine Frau fanden sich damit ab, die glücklichen Besitzer eines berühmten Hitlerbildes zu sein, Glück und Zufriedenheit zeigten sie nach außen, im Inneren aber blieben sie vergrämt, ja Willis Frau haßte das Bild so sehr, daß sie es zeitweise beschimpfte, als wäre es Hitler persönlich. Sie nannte den Mann auf dem Bild einen Affen, einen verrückten Kerl, einen Idioten und was ihr sonst noch einfiel. Willi hörte sich ihre Schimpfereien schweigend mit an, er war anderer Ansicht, er hielt Hitler weder

für einen Affen noch für einen Idioten, sondern für einen Staatsmann, dessen Erfolge nicht zu bezweifeln waren. In dieser Hinsicht teilte er die Ansicht seiner Kunden. Jeden Morgen, schon früh am Tag, schloß er seinen Laden auf, reinigte, was es zu reinigen gab, legte sich alles für die Arbeit des Tages zurecht, rasierte zuerst sich selbst, in seinem Frisierstuhl sitzend, betrachtete sich im Spiegel und war meistens mit sich zufrieden: Der Scheitel, der seine wasserblonden Haare in zwei Hälften teilte, saß, als sei er angeboren, sein Gesicht zeigte noch keine Falten und sein Kinn nicht die geringste Neigung, sich zu einem Doppelkinn zu entwickeln. Er war nicht eitel, aber nach seiner Ansicht sollte überall Ordnung sein, auch im eigenen Gesicht, auch auf dem Kopf und überall.

Dann kam ein Sommer, in dem alle vom Krieg sprachen. Die einen sagten, der Krieg stehe unmittelbar vor der Tür, die anderen beteuerten, Hitler wolle keinen Krieg, er würde es nie dazu kommen lassen. Es gab zahlreiche Gerüchte, und je näher der Monat August kam, um so mehr verdichteten sie sich. Willi hörte sich alles an, gab nach einer gewissen Auswahl das eine oder das andere

Gerücht vorsichtig weiter, hielt sich mit seiner eigenen Meinung wie immer zurück und war so beschäftigt, daß er es eigentlich für selbstverständlich hielt, als der Krieg eines Tages wirklich ausbrach.

Es war ein seltsamer Tag. Seine Kunden benahmen sich höchst sonderbar. Sie jubelten nicht, sie waren nicht begeistert wie er selbst es einmal gewesen war, seinerzeit, 1914 –, nein, sie schienen allesamt bedrückt, sprachen plötzlich mit leisen, etwas verklemmten Stimmen, die Jüngeren verschwanden lautlos, eingezogen zur Wehrmacht, und die Älteren ließen sich mit besorgten Gesichtern rasieren. Einige sagten noch: »Der macht es schon, der Hitler« oder »Die schaffen wir«, womit sie die Gegner Deutschlands meinten, doch nur der Ortsgruppenleiter tönte etwas geschwollen daher: »Großdeutschland ist unbesiegbar.« Willi nahm das alles auf, ohne ein Wort dazu zu sagen. Der Krieg beunruhigte auch ihn. Er hatte die Altersgrenze für die allgemeine Wehrpflicht bereits überschritten, das machte ihm keine Sorgen, aber das andere: der Rückgang des Geschäfts vielleicht, die voraussehbare Lebensmittelknappheit, die Rationierung. Er kannte das alles, hatte es bereits einmal vor zwanzig Jahren erlebt, nun würde es vielleicht wiederkommen.

An diesen ersten Abenden des beginnenden Krieges traf er seine Frau fast immer mit verweinten Augen an. Ihre Brüder waren eingezogen worden, einer nach dem anderen. Nur den entlassenen Lehrer hatte man zurückgeschickt, als untaugliches und unzuverlässiges Subjekt; darüber freute sie sich, aber es war die einzige Freude. Willi hörte sich das alles kopfschüttelnd mit an, erzählte aus seinem Laden, machte sich in seiner Art lustig über die gedrückte Stimmung; einige, sagte er, hätten die Hosen gestrichen voll, rieb sich hin und wieder die Hände, »Auf geht's, Husaren, ins Feld, ins Feld«, war aber davon überzeugt, daß es diesmal nicht lange dauern könne, und er sprach es immer wieder aus, um seine Frau zu beruhigen.

In den folgenden Wochen feierten seine Kunden den Sieg über Polen, die militärischen Erfolge ihres Führers versetzten sie in einen Siegesrausch ohnegleichen. Die Lähmung der ersten Stunden schien verflogen, jetzt sahen sie an allen Fronten nur Siege voraus, ja, Hitler hatte in wenigen Wochen neue Anhänger

dazu gewonnen. Die wenigen Skeptiker, die noch in den Laden kamen, schwiegen sich aus. Willi schnitt die Haare und rasierte wie immer, mit sicherer Hand, wie der Ortsgruppenleiter sagte, auch der größte Sieg hätte ihn von seiner Arbeit nicht abhalten können.
Es kam ein langer, trostloser Winter, in dem nichts geschah; dann die Besetzung Skandinaviens und schließlich im Mai/Juni der Sieg über Frankreich. Wieder flutete eine Welle der Begeisterung über den Ort, selbst Willi wurde mitgerissen. Jetzt gab es für ihn kaum noch einen Zweifel, und auch seine sonst so standhafte Frau geriet ins Wanken, der ganze Ort war in Fahnen eingehüllt, die Straßen, die Plätze, das Kriegerdenkmal, auch das eigene Haus. Willi hatte nicht gezögert, statt einer gleich zwei Fahnen herauszuhängen. Vielleicht, so dachte er, war es seinerzeit doch kein Fehler gewesen, der Partei beizutreten. Gewiß, man hatte ihn damals mehr oder weniger dazu gezwungen, aber jetzt erschien es ihm ganz normal, so, als hätte sein eigener freiwilliger Entschluß dazu geführt. Er war nicht stolz darauf, keineswegs, und trotzdem trug er an diesem Tag sein Parteiabzeichen, er steckte es sich am Morgen vor dem Spiegel

an. Er gab zu, es sah etwas aufgeplustert aus, so, als sei er etwas Besonderes, aber er war ja nur ein einfaches Parteimitglied, ein ganz einfaches, er sagte es sich noch einmal, bevor er hinunter in seinen Laden ging.

Eigentlich hätte er ja seinen Laden schließen können, alle Welt feierte den Sieg, es war eine Stimmung, wie er sie noch nie erlebt hatte. Doch er wollte sehen, was sich so tat. Und was er hörte, vertrug sich mit seinen Ansichten: Nun waren auch jene vom endgültigen Sieg überzeugt, die bisher daran gezweifelt hatten, nun sprachen auch sie nicht mehr mit doppelter Zunge, sondern nur mit einer. Jeder fühlte sich, als wäre er dabei gewesen, als wäre er selbst mit in Paris einmarschiert. Davon sprachen sie auf ihren Wartestühlen oder im Friseurstuhl, und Willi kannte bald jeden General und die ganze Strategie des Feldzugs, denn so nannten sie jetzt den Krieg, nur ein paar siegreiche Feldzüge, nicht mehr, Blitzkriege, in vier Wochen erledigt. Verluste, nein, die gab es kaum, davon sprach man nicht, sie waren Nebensache.

Auch dieser Tag verging. Nun war man sich sicher: Dieser Krieg würde nie den Ort erreichen, Hitler hatte ihn weit hinaus getragen, hinein in andere Länder, die alle in ihrer Stehkraft fragwürdig erschienen. Willi schlief jetzt ruhiger unter seinem Hitlerbild, obwohl er noch jeden Morgen seine Ehrenbezeugung machte, aus Spaß, wie er seiner Frau gegenüber betonte. Spaß muß ja sein, damit redete er sich heraus; sie aber haßte das Bild nach wie vor und fand es eine Schande, daß man darunter schlafen müsse.

Was Willi erwartet hatte, geschah nicht. Der Krieg dauerte an, und wieder sprach man von einem Feldzug. Er sprach nun selbst von Feldzügen; der Feldzug gegen Polen, der Feldzug gegen Frankreich und jetzt der Feldzug gegen Rußland. Wieder erwarteten seine Kunden einen Feldzug von nur ein paar Wochen. »Ein paar Wochen, länger dauert das nicht«, sagten sie, »dann ist alles vorbei.«

Sie waren verwöhnte Sieger, alle miteinander. Willi hörte sich ihre Meinungen in gewohnter Ruhe an, niemals laut, er war kein geborener Sieger, nie spülte ihn die Begeisterung mit weg, nie erfaßte sie ihn ganz, immer nur am Rand seiner Existenz, er blieb auch an stürmischen Tagen kühl, er nannte es seiner Frau gegenüber kühl bis ans Herz hinan. Die Männer, die er rasierte, denen er die

Haare schnitt oder den Bart stutzte, waren nun schon weniger geworden, die jungen blieben zuerst aus, dann die der mittleren Jahrgänge, nein, das Geschäft ging nicht mehr so gut wie früher, alles war ein wenig armseliger geworden, auch seine Seifen, seine Haarwaschmittel, seine Parfums und was er sonst noch brauchte, waren nicht mehr von derselben Qualität wie früher. Er entschuldigte sich dafür bei seinen Kunden, und fast alle gaben ihm immer die gleiche Antwort: »Krieg ist Krieg.«

Es kamen die ersten Rückschläge an der russischen Front. Willi nahm sie gelassen hin, der Weg von Moskau bis zu dem Ort, in dem er seinen Laden betrieb, war noch weit, zu weit. Die Russen würden niemals bis hierher kommen, davon war er überzeugt. Die Vorstellung erschien ihm lächerlich, trotzdem hätte er einmal beinahe eine solche Andeutung gegenüber einem Kunden gemacht, nur um zu sehen, wie dieser darauf reagieren würde, aber er zuckte noch rechtzeitig zurück: Es wäre ihm – das wußte er – schlecht bekommen, jeder Zweifel am Endsieg war verboten. Doch die Gerüchte über die Schwierigkeiten verdichteten sich mehr und mehr.

Jetzt, nach wieder einigen Monaten, sprachen auch einige Kunden davon, in Andeutungen natürlich, mehr geflüstert als gesprochen, und Willi antwortete mit allgemeinen Sätzen, mit »Es wird schon wieder werden« und ähnlichen Allgemeinplätzen.

Es verging fast ein Jahr, es kamen Niederlagen, Rückzüge, verlorene Schlachten, der Nebel über den von Mund zu Mund geflüsterten Gerüchten hob sich allmählich. Fast jeden Tag kamen Todesnachrichten, Gefallenenmeldungen, Trauer breitete sich aus, aber Willi rasierte noch immer, jetzt fast nur noch die Väter, ehemalige Kriegshelden, jetzt selbst Trauernde. Oft ging er abends langsamer nach Hause, nachdenklicher, alles bedrückte ihn. Das Leben war freudlos, lustlos, grau geworden. Nur seine Frau empfing ihn nicht mehr mit verweinten Augen. Sie war nicht froh, nein, nicht voller Freude, aber doch selbstsicherer geworden, gefaßt, sie sah – und davon sprach sie fast jeden Abend – das Ende des Mannes kommen, dessen Bild sie über ihrem Ehebett ertragen mußte. Ihre Abneigung hatte sich zu einem inbrünstigen Haß entwickelt, dem sie nicht widerstehen konnte.

Willi hörte ihr zu, ohne etwas dazu zu sagen, er gab ihr recht, gewiß, aber nicht immer, nicht in allem, sie übertrieb nach seiner Ansicht maßlos; doch auch er begann wieder wankend zu werden, überzeugt, wirklich überzeugt, war er ja nie gewesen, das konnte sie ihm nicht vorwerfen, auch in die Partei war er ja nur unter Druck und Zwang gegangen, und das mit dem Bild, nun ja, er hätte vielleicht schlechter schießen können, aber er war nun einmal ein guter Schütze.

Dann kam die Zeit der nächtlichen Bombenangriffe. In jeder Nacht brummten die Geschwader, vom Meer kommend, über den Ort hinweg. Es geschah jedoch nichts. Der Ort war zu klein, zu unbedeutend für strategische Überlegungen. Willi verbrachte mit Frau und Tochter fast jede Nacht im Keller, doch an jedem Morgen ging er erneut in seinen Laden, Morgen für Morgen, so wie es immer gewesen war. Noch immer hatte er Kunden, gab es Leute, die rasiert werden wollten, denen er die Haare schneiden mußte; er tat es mit der Sorgfalt und Sauberkeit, wie er es gewohnt war. Einige seiner Kunden sprachen jetzt ein wenig offener, versteckt erwähnten sie das Ende, einer ließ sogar durchblicken, daß der Krieg verloren sei, was bei allen, die zu der Zeit in dem Laden waren, auch bei Willi, eine Art Erstarrung auslöste. Niemand stimmte dem zu, aber es sprach auch niemand dagegen. Alle schwiegen, als hätten sie nichts gehört. Noch immer regierte die Partei, noch immer war der Ortsgruppenleiter der unumschränkte Herrscher über seine Anhänger wie über seine jetzt wieder zahlreicher werdenden Gegner.

Mit jedem Tag verdichteten sich die Gerüchte, schwirrten durch den Ort und ließen sich nicht mehr unterdrücken. Auch Willi wurde immer unsicherer. Seine Zuversicht, die Russen würden nie diesen Ort erreichen, seinen Laden, sein Haus, seine Familie, zerbröckelte mehr und mehr. Zuerst standen sie in Ostpreußen, dann in Hinterpommern, der Zwischenraum verkleinerte sich von Woche zu Woche, es waren nur noch ein paar hundert Kilometer. Flüchtlingstrecks zogen durch den Ort, und Willi rasierte Flüchtlinge, schnitt ihnen, wenn es nötig war, die Haare – umsonst natürlich, das verstand sich von selbst –, er fragte sie aus, vorsichtig, scheinbar nicht sehr interessiert, und hörte sich dann schweigend an, was sie zu erzählen hatten. Er glaubte über alles unterrichtet zu sein, wußte, so meinte er, was dem Ort bevorstand, und erzählte es abends seiner Frau, die ihm kein Wort glaubte. Sie hielt alles für Greuelpropaganda. Dann kam der Tag, an dem sich die Wehrmacht absetzte, die letzten deutschen Soldaten, heruntergekommen, kriegsmüde, geschlagen, verschwanden, und, fast über Nacht, lag der Ort im Niemandsland. Seltsamerweise blieb die russische Armee fünf Kilometer vor dem Ort stehen, ohne ersichtlichen Grund, sie blieb einfach stehen, als hätte ihr jemand ein großes Halt geboten.

In dem kleinen Ort geriet alles in Unordnung. Panik, Nervosität, Angst und gespannte Erwartung bestimmten das Leben. Viele überzeugte Mitglieder der Partei, alte Kämpfer, wie sie sich nannten, nahmen sich das Leben, um nicht in die Hände der Russen zu fallen. Sie erhängten sich, erschossen sich, und einige steckten ihre Häuser an, zertrümmerten vorher jedoch alles, was sie an Wertgegenständen besaßen, um dann in den Flammen zugrunde zu gehen. Nichts sollte den Russen in die Hände fallen, nichts. Der Ortsgruppenleiter war plötzlich spurlos verschwunden. Alles verschwand von den Stra-

ßen und aus den Häusern: die Uniformen, die Parteiabzeichen, die Fahnen. Ein jäher Wandel hatte alles wie mit einem Windstoß davongeweht, auch die Überzeugungen, die Ideale, den inbrünstigen Glauben und die großen Hoffnungen.
Nur Willi ließ sich nicht beirren. In seinem Laden sah er nur noch graue, verfallene, ausgehungerte und angsterfüllte Gesichter um sich, es hatte kaum noch einen Sinn, sie zu rasieren, er hätte sie verwildern lassen können, aber nach seiner Ansicht mußte man auch noch in den Untergang oder in den Tod gut rasiert gehen. Es war seine Berufsehre, die jeder Katastrophenstimmung gewachsen sein mußte.
An einem dieser Tage kam er abends nach Hause und fand seine Frau überaus aufgeräumt vor. Sie war redselig, lachte und sagte immer wieder: »Nein, ich habe keine Angst vor den Russen. Die werden uns schon nichts tun, warum sollten auch. Bestimmt, die tun uns nichts, gar nichts.«
Willi wunderte sich über ihre gute Stimmung, sie kam ihm etwas überdreht vor, so, als sei ihr etwas zu Kopf gestiegen. Sie wird mir doch nicht verrückt, dachte er, sie wird sich

doch nicht aus Angst um den Verstand bringen, jetzt, wo vielleicht bald alles vorbei ist? Er sah sie etwas forschend an, aber sie blieb bei ihrer guten Laune. Sie erzählte, sein Schwager, ihr Bruder, der entlassene Lehrer, sei den Russen mit einer weißen Fahne entgegengefahren, aber nicht wieder zurückgekehrt, doch darüber brauche man sich keine Sorgen zu machen: »Er wird es schon schaffen, er sicher, er war ja immer dagegen, das weiß doch alle Welt.«

Dann stand sie auf, kam um den Küchentisch herum und blieb vor ihm stehen: »Geh mal ins Schlafzimmer, geh gleich«, und als er sich anschickte, nicht gleich zu gehen, sondern zögerte, nahm sie ihn bei der Hand und zog ihn hinter sich her, aus der Küche über den Flur bis ins Schlafzimmer. Dort blieb sie vor den Ehebetten stehen und zeigte auf die leere Wand. Ja, Hitler war verschwunden, dort waren nur noch die weiße Wand und der Haken, den er vor Jahren einmal eingeschlagen hatte. Jetzt begann sie zu erzählen, und Willi stand neben ihr und hörte ihr zu, wie er seinen Kunden zuhörte, schweigend, zurückhaltend, ohne ein Wort des Widerspruchs. Sie war jetzt glücklich, er sah es ihr an, es war ihre Rache, ihr Sieg über ein Bild, unter dem sie jahrelang hatte schlafen müssen, mit Unbehagen, mit Widerwillen, und dann aus Gewohnheit, weil es nicht anders ging. Gegen Mittag hatte sie das Bild von der Wand genommen: »Ich habe die Betten abgerückt, mir eine Trittleiter geholt und dann versucht, es vom Haken zu nehmen. Es war schwer, schwerer als ich dachte.«

»Und dann?« fragte Willi.

»Dann habe ich es auf den Hof geschleppt und auf dem Hauklotz kurz und klein geschlagen, zuerst mit der Axt und dann mit dem Beil. Es hat mir Spaß gemacht, richtigen Spaß. Das Gesicht, weißt du, das habe ich mir zuerst vorgenommen. Ich habe ihm die Augen ausgekratzt, kannst du dir das vorstellen?« Nein, er konnte es sich nicht vorstellen, doch sie zeigte ihm ihre Hände. Die Fingernägel, er sah es, waren noch schwarz von der abgekratzten Ölfarbe, und plötzlich fiel ihm der Rahmen ein, den Rahmen, den hätte sie doch schonen können, es war seine Art von Sparsamkeit, den hätte man doch noch verwenden, verkaufen oder tauschen können, aber sie hatte auch den Rahmen zertrümmert, kurz und klein geschlagen, wie sie sich ausdrückte, nichts war von dem Bild übriggeblieben, gar nichts. »Und dann«, sagte sie, »habe ich alles verbrannt, jeden kleinen Fetzen, alles. Es gibt kein Hitlerbild mehr, es ist aus mit ihm.«

Willi sah sie an, er hatte sie lange nicht so strahlend, so glücklich gesehen, ja, sie kam ihm vor wie jemand, der für etwas Vergeltung geübt hatte, was unbedingt vergolten werden mußte, und sie allein hatte es ausgeführt, mit ihren Fingernägeln, mit der Axt, mit dem Beil, es mußte für sie wie eine Heldentat sein.

Einen Augenblick lang kam sie ihm etwas unheimlich vor, doch das Gefühl verschwand sofort wieder und machte einer Erleichterung Platz. Nun war auch er froh, froh, das Hitlerbild loszusein. Es mußte ja verschwinden, eigentlich so schnell wie möglich, wer wußte denn, was noch alles kommen würde, auch das Bild hätte zu einer Belastung werden können, es genügte ja schon, in der Partei gewesen zu sein.

In dieser Nacht schlief er beruhigt ein, die Hände hinter dem Kopf verschränkt, vor der leeren Wand. Er sah eine neue Zeit auf sich zukommen, eine Zeit des Friedens, er

stand in seinem Laden, die Kunden kamen und gingen, zahlreiche Kunden, es wurde wieder gelacht, Anekdoten wurden erzählt, Witze; er sah einen zweiten Frisierstuhl vor sich, dann einen dritten, alle schön aufgereiht nebeneinander, und er lachte lautlos in sich hinein, bevor er endgültig in den Schlaf fiel.
Am nächsten Morgen sprang er wie gewohnt aus dem Bett, um seine Ehrenbezeugung vor dem Bild zu machen, doch dann sah er die leere Wand. »Frieda«, sagte er laut, so daß auch seine Frau aus dem Schlaf erwachte, »Frieda, das hast du gut gemacht.«
Es verging noch fast eine Woche, bevor die Russen kamen. Die Leichen der alten Kämpfer, die sich selbst umgebracht hatten, lagen in den Häusern. Niemand kümmerte sich um sie, niemand holte sie heraus. Die angezündeten Häuser waren niedergebrannt, niemand hatte das Feuer gelöscht. Jeder dachte nur an sich selbst. Die meisten hatten sich verkrochen, irgendwohin, auf den Boden, in die Keller, einige sogar in den Wald. Dort saßen sie, unter Tannen- und Buchenzweigen halb versteckt, und warteten auf das, was geschehen würde. Nur Willi ging nach wie vor in seinen Laden, obwohl er fast immer

vergeblich auf Kunden wartete. Niemand wollte sich mehr rasieren lassen, jedermann ließ anscheinend seine Haare wachsen, wie sie wollten. Jetzt war es gleichgültig geworden, wie man aussah, je verwilderter, vielleicht um so besser. Willi begriff das nicht ganz. Nein, er hatte keine Angst. Ein guter Friseur, das wußte er, wurde immer gebraucht, auch die Russen konnten nicht Tag für Tag unfrisiert herumlaufen, dessen war er sich sicher.

So stand er vor seinem Laden, als die Russen den Ort besetzten. Sie kamen in kleinen Rudeln, sechs, sieben Mann. Einige der Gruppen liefen und sahen so aus, als erwarteten sie überall Heckenschützen, aber sie suchten etwas anderes, was er erst zwei Tage später begriff. Sie sahen auch nicht wie Russen aus, sie waren nicht groß, wie er sich sie vorgestellt hatte, sondern klein oder mittelgroß, und auch ihre Gesichter entsprachen nicht seiner Vorstellung. Einmal war er in einem Film gewesen, das lag weit zurück, ›Die Reiterhorden Dschingis Khan‹ – daran erinnerten sie ihn; doch mit ihren Stahlhelmen und ohne Pferde waren sie es auch wieder nicht.

Er stand vor seinem Frisiersalon, wie er ihn

nannte, die Tür offen, leicht an den Türrahmen gelehnt, im weißen Kittel, der nun nicht mehr blendend weiß war wie früher, sondern etwas grau durch die schlechten Waschmittel, von Kopf bis Fuß ein Friseur, und sah den vorbeilaufenden fremden Soldaten nach. Einige riefen ihm etwas zu, aber er verstand sie nicht, einmal glaubte er das Wort Frau zu verstehen, er war überzeugt, sich verhört zu haben.

Früher als sonst ging er an diesem Abend nach Hause, er schloß seinen Laden zwei Stunden vor der Zeit, was ihm fast wie ein Vergehen vorkam. Zu Hause fand er alles unverändert vor, nichts war bisher geschehen, nur seine Frau war, wie sie sich ausdrückte, in heller Aufregung. Überall, sagte sie, drängen die Russen in die Häuser ein, belästigten die Frauen und holten sich heraus, was sie wollten, es sei schlimmer, als sie es sich vorgestellt hätte, alle Türen müßten sofort abgeschlossen werden: »Es ist gut, daß du zu Hause bist, ich habe so auf dich gewartet.« Sofort schloß sie hinter ihm die Haustür ab und lief, indem sie ihn hinter sich herzog, durch das ganze Haus, in den Keller, um die Kellertür abzuschließen, verbarrikadierte die Fenster, suchte nach jeder noch offenen Stelle, durch die man in das Haus eindringen konnte, und nach kurzer Zeit hatte Willi den Eindruck, sein Haus sei nun eine Art Festung: uneinnehmbar.

Er begriff nicht ganz, was vor sich ging. Zwar hatten die russischen Soldaten, die an seinem Laden vorbeigelaufen waren, keinen allzu guten Eindruck auf ihn gemacht, aber es waren Soldaten, und Krieg ist schließlich Krieg. Er dachte es getreu nach seinen Kunden, die auf mißliche Zustände jahrelang mit dem gleichen Satz geantwortet hatten: »Krieg ist Krieg.« Er verstand auch seine Frau nicht ganz: War der Sieg der Russen nicht auch ihr Sieg, war ihr Bruder, der entlassene Lehrer, nicht mit einer weißen Fahne der roten Armee entgegengefahren? Wo war er jetzt, wo war er geblieben? Nein, er verstand sie nicht, er konnte nicht glauben, was sie erzählte, doch er ordnete sich ihr unter, sie mußte ja wissen, was sie tat, so wie sie es immer gewußt hatte.

Als es dunkel wurde, durfte er nicht einmal ein Streichholz anzünden. »Kein Licht«, sagte sie immer wieder, »kein Licht, die müssen denken, hier ist keiner zu Hause.«

So saßen sie allein – ihre Tochter hatten sie schon vor Wochen zu Verwandten geschickt – und warteten, ja, sie hockten fast die ganze Nacht nebeneinander, denn nun war auch er voller Angst. Der Lärm, das Geschrei, das Gejohle auf den Straßen kam ihm vor, als sei eine ganze Armee betrunkener Soldaten im Ort. Schüsse fielen, Freudenschüsse, so nahm er an; wie sollte er es unterscheiden, er wußte nicht mehr, was geschah. Sie rückten immer näher aneinander heran, sie fürchteten sich, und sie konnten nicht auf die Straße laufen, um die Angst mit anderen zu teilen. Dort, auf den Straßen war die Gefahr.

Gegen Morgen fiel sein Kopf auf die Schulter seiner Frau, er war müde, übermüdet, und zum ersten Mal hatte er das vergessen, was sein ganzes Leben ausgemacht hatte: seine Kunden, seinen Frisierstuhl, seinen Laden. Auch am späteren Vormittag verließ er das Haus nicht, zum ersten Mal seit fast vierzig Jahren blieb sein Geschäft geschlossen. Es hatte keinen Zweck, es zu öffnen, er sah es ein; ja, er mußte bei seiner Frau bleiben, das erschien ihm jetzt wichtiger als alles andere. Der ganze Ort war aus den Fugen geraten, so kam es ihm vor. »Kein Stein ist mehr auf dem

anderen«, sagte er zu seiner Frau, »kein Stein.«
Nacht für Nacht wiederholte sich dasselbe, Feiern der Sieger, betrunkene Soldaten auf den Straßen, in den Häusern, in denen sie Frauen fanden. So verging fast eine Woche. Dann kamen die Russen auch zu ihm, am Tag, kurz vor Mittag, ein Kommando anscheinend, zwei Soldaten und ein Offizier, er sah es an den Achselstücken. Ein Dolmetscher war dabei, ein Deutscher. Sie benahmen sich fast korrekt, etwas rauh, gewiß, aber das war nach seiner Ansicht bei Soldaten so üblich, ein Umgangston, den er aus seiner eigenen Soldatenzeit kannte. Er verstand sie nicht, er verstand kein Wort, sie sprachen auf ihn ein, als sei es selbstverständlich, daß er ihre Sprache beherrschte. Endlich schaltete sich der Dolmetscher ein. Er stand etwas im Hintergrund, sah sehr heruntergekommen aus und so, als würde er jeden Morgen, bevor er seine Arbeit begann, verprügelt. Sehr leise sagte er: »Sie wollen dein Hitlerbild abholen.«
Jetzt überfiel Willi die Sprachlosigkeit, sie überfiel ihn so stark, daß er nur den Mund öffnete, wieder zumachte und noch einmal

öffnete. Es kam kein Wort heraus. Was wollten sie mit seinem Hitlerbild, warum wollten sie es abholen, wozu? Erstens konnten sie es nicht gebrauchen, und zweitens existierte es nicht mehr, ach, er hätte es ihnen so gern gegeben, es wäre ihm eine Freude gewesen, doch nun, nun gab es kein Hitlerbild mehr. Langsam löste sich seine Sprachlosigkeit, und er rief: »Frieda, Frieda!«

Seine Frau, die sich versteckt hatte, kam von irgendwoher, aus dem Keller oder aus der Küche, die Angst saß in ihrem Gesicht, sie zitterte ein wenig, und Willi sagte, als sie neben ihm stand: »Die wollen das Hitlerbild haben.« Bestürzt sah sie zuerst ihren Mann, dann die Russen, dann den Dolmetscher an. Sie begriff nicht ganz, was vor sich ging: »Das Hitlerbild«, stotterte sie, »das Hitlerbild«.

Was wollten die Russen damit, es war doch nicht ihr Heiliger, ihr Führer; sie hatte es doch aus Wut zerschlagen, kaputt gehauen, kurz und klein, und sie war stolz darauf, jawohl stolz, es war ihr eine Genugtuung gewesen, ein Sieg, ein kleiner Sieg. Sie versuchte, es dem Dolmetscher zu erklären: »Ich habe das Bild vernichtet, ja, das habe ich.« Und wieder benutzte sie die Worte ›kurz und klein‹. »Ich habe es kurz und klein geschlagen, davon gibt es kein Stück mehr, keinen Fetzen, gar nichts.« Der Dolmetscher sah sie irritiert an, anscheinend war ihm sofort bewußt, welche Schwierigkeiten es nun geben würde, Schwierigkeiten, von denen der Friseur und seine Frau keine Ahnung haben konnten. Es gab eine lange Pause, der russische Offizier wurde ungeduldig, er herrschte den Dolmetscher an, und obwohl Willi kein Wort von dem verstand, was nun geredet wurde, begriff er doch, was der Dolmetscher dem Offizier zu erklären versuchte. Für einen Augenblick kam ihm das ungläubige Gesicht des Offiziers ganz nahe, so nahe, daß er in dessen mißtrauische Augen starren konnte. Ihre Farbe konnte er nicht erkennen, sie waren blau oder wasserblau oder hellgrün, nur eins begriff er sofort: Unglaube, Ärger, auch Wut stieg in ihnen auf. Gleich, so dachte er, gleich wird es ein Donnerwetter geben. Doch die Pause hielt noch immer an, wurde unerträglich, alle schwiegen, und dann zerriß die Stille. Der Offizier schrie den Dolmetscher an, und dieser zuckte zusammen, schrumpfte zusammen, wurde zusehends kleiner, als wäre ihm ein schwerer Eisenhammer auf den

Kopf gefallen. Es dauerte eine endlose Minute, ehe er sich wieder etwas aufrichten konnte. Er versuchte dem Offizier zu antworten, es klang jämmerlich, nicht überzeugend, Angst stand in seinem Gesicht, für Willi unverständliche Angst. Der Offizier unterbrach ihn immer wieder, schimpfend, schneidend, er stampfte mit dem Fuß auf, fuhr mit der Hand zum Hals hinauf und machte die Bewegung des Halsabschneidens. »Ja«, sagte der Dolmetscher, »wenn ihr das Bild bis heute nachmittag nicht beschafft, dann werdet ihr verhaftet und abtransportiert. Sie halten euch für Nazis, große Nazis, die das Bild irgendwo versteckt haben. Also seht zu, wie ihr es wieder herbringt.«

Damit verließen sie das Haus, der Offizier voran, dann die beiden Soldaten und als letzter der Dolmetscher. In der offenen Haustür drehte er sich um: »Wir kommen am Nachmittag wieder, darauf könnt ihr euch verlassen.«

Da standen sie beide, fassungslos, Willi starrte vor sich hin, als hätte ihn etwas getroffen, ein Schlag, etwas völlig Verrücktes, etwas Irrsinniges. Seine Frau begann zu weinen. Er hätte ihr gern gesagt, daß sie an allem schuld sei, warum mußte sie auch das Bild zerschlagen, es hätte ja noch Zeit gehabt, viel Zeit, aber dann fiel ihm seine eigene Schuld ein, er mußte sich damals das Bild ja nicht erschießen, niemand hätte ihm einen Vorwurf daraus machen können, niemand. Es gab nur einen Weg: Sein Schwager, der entlassene Lehrer mußte helfen, er war ja jetzt Bürgermeister, die Russen hatten ihn dazu gemacht, seit ein paar Tagen war er ein mächtiger Mann. Sie hatten davon gehört, ohne mit ihm in Verbindung zu sein, ihn mußten sie benachrichtigen, wie auch immer. Willi lief ohne lange Überlegungen und ohne mit seiner Frau zu sprechen ins Nebenhaus. Dort gab es Kinder; sie, das wußte er, blieben unbehelligt, sie waren die Lieblinge der russischen Soldaten. Einen der Jungen, einen Neunjährigen, bat er, schnell zum neuen Bürgermeister zu laufen und ihm zu sagen, er möge auf dem kürzesten Weg zu seinem Schwager, dem Friseur, kommen.

Doch kaum war er zurück im eigenen Haus, kamen auch schon die Russen wieder, jetzt mit einem zweiten Offizier und in Begleitung von zehn oder zwölf Mann. Sie schoben ihn und seine Frau beiseite und sperrten sie in

die Küche ein. Dann begannen sie, das Haus zu durchsuchen, nahmen die Betten auseinander, warfen die Schränke um, klopften die Wände ab, ließen auch den Boden nicht unbeachtet, wühlten alles um, was es gab, und gingen schließlich auf den Hof. Dort begannen sie zu graben, jede Bodenveränderung schien ihnen verdächtig, jeder Maulwurfshügel, ja, sie krochen in die Himbeer- und Stachelbeerbüsche: Irgendwo mußte nach ihrer Ansicht das Bild ja sein.
Schließlich wurden Willi und seine Frau aus der Küche geholt und ins Wohnzimmer gebracht. Dort saßen die beiden Offiziere und neben ihnen stand der Dolmetscher, der sofort begann: »So, jetzt sagt endlich, wo ihr das Bild habt, sonst geht es euch schlecht, sehr schlecht«, und einer der Offiziere zeigte mit der rechten Hand immer wieder auf Willi und schrie: »Du Nazi, du großer Nazi!« Er sagte es so lange, bis Willi selbst nicht mehr wußte, was er gewesen war, Nationalsozialist oder nicht, mit jeder Beschimpfung wurde er erregter und endlich, als er gar nicht mehr weiterwußte, flüsterte er: »Ich bin Friseur und nichts weiter, nur Friseur.«
In diesem Augenblick kam sein Schwager,

der jetzige Bürgermeister, herein, begleitet von einem Soldaten. Die beiden Offiziere nickten kurz, sie kannten ihn, und der Dolmetscher fragte gleich nach dem Bild, das Hitlerbild sei weg, die beiden ständen im Verdacht, es versteckt zu haben.
Der Bürgermeister – Schwager und Bruder – schwieg einen Augenblick, sah die beiden Offiziere an, lachte leicht und begann zu berichten.
Und dann erzählte er die ganze Geschichte, wie sein Schwager, der Friseur, zu dem Bild gekommen war, wie sie Nacht für Nacht auf Anordnung des Ortsgruppenleiters und mit Haß im Herzen darunter hätten schlafen müssen, und warum seine Schwester es zerschlagen hätte, kurz bevor die Rote Armee in den Ort einmarschierte. Er erzählte es, während der Dolmetscher gleichzeitig alles übersetzte, und plötzlich begann einer der Offiziere zu lachen. Er schlug sich dabei heftig auf die Schenkel und lachte so ansteckend, daß allmählich alle zu lachen begannen, der andere Offizier, der Dolmetscher, die Soldaten, die jetzt in der offenen Wohnzimmertür erschienen, angezogen von dem Gelächter, und endlich auch der Bürgermeister, seine Schwester,

die immer noch Tränen in den Augen hatte, und dann auch Willi selbst.
Kurz darauf verließen die Russen das Haus, laut, polternd, voller Fröhlichkeit. Willi und seine Frau und der Bürgermeister blieben allein zurück.
»Na, das ist ja noch einmal gutgegangen«, sagte der Bruder–Schwager–Bürgermeister, und als Willi ihn fragte: »Was wollten die nur mit dem Bild?«, antwortete er: »Das ist ganz einfach. Überall hat man ihnen von dem berühmten Hitlerbild erzählt, und jetzt wollten sie es mit nach Moskau nehmen, als Trophäe, als Siegestrophäe ihres Regiments. Darum ging es.«

Die Stunde des Lehrers

An einem frühen Morgen kam der Landgendarm zu ihm herein, mit seinem Schäferhund an der Leine und mit einem verstörten Gesicht. Willi sah ihm an, daß er schlechte Nachrichten brachte, ja, daß er einen Auftrag hatte, den er nur widerwillig ausführte. Willi kannte ihn seit vielen Jahren. Er war nicht sein Freund, aber auch nicht sein Feind gewesen, er hatte sich, wo er konnte, neutral verhalten, die Staatsraison vertreten, wie er sie auffaßte; nun schien es anders zu sein.

Nein, es geschah nicht, was Willi erwartet hatte, eine Verhaftung vielleicht oder etwas ähnliches. Der Gendarm gab sich freundlich, verbindlich, er begrüßte ihn mit Handschlag, fragte zuerst nach seinem Befinden, ob es ihm gut gehe, und sagte schließlich nach langem Zögern, er müsse eine Haussuchung durchführen, es sei ein Auftrag von oben, er könne nicht umhin, es sei ihm nicht

sehr angenehm, aber er sei Beamter, und Pflicht sei schließlich Pflicht.
Willi antwortete nicht darauf, er sagte nur nach einer Minute des Schweigens: »Selbstverständlich, wenn es Ihre Pflicht ist.«
Er führte den Gendarmen über den Flur der Schule in seine Wohnung, zuerst in das Wohnzimmer, in dem auch sein Schreibtisch stand und seine Bücher waren, dann in das Schlafzimmer und in die Küche. Der Gendarm sah sich alles aufmerksam an, ohne etwas anzurühren, nur bei den Büchern blieb er stehen: »Ich habe ja nicht viel Ahnung und kenne mich da nicht aus, aber ich glaube, bei den Büchern müssen Sie anfangen. Lassen Sie uns das alles verbrennen, auch, was Sie sonst noch haben an politischen Schriften, bevor es zu spät ist.«
Willi sah ihn verblüfft an: »Bücher verbrennen, bevor es zu spät ist? Wieso?«
Der Gendarm lächelte, soweit er lächeln konnte, es war nicht mehr als ein Verziehen des Gesichts. »Es kann schlimmer kommen«, sagte er, »viel schlimmer. Es ist besser, die Bücher verschwinden, bevor unter Umständen die SA kommt und Ihre ganze Wohnung auf den Kopf stellt. Damit müssen Sie

rechnen. Wenn wir es aber tun, kann ich melden, ich habe nichts gefunden. Und das mit gutem Gewissen.«

»Und woher wissen Sie, was ich verbrennen muß?«

»Das weiß ich«, antwortete der Gendarm, »ich habe hier eine Liste, die habe ich gestern früh bekommen.«

Damit zog er einen vierfach gefalteten Doppelbogen aus einer Rocktasche seiner Uniform, öffnete ihn und begann vorzulesen. Es waren fast alles Namen, die Willi kannte, darunter viele Autoren, deren Bücher in seinem Regal standen, Antikriegsbücher, pazifistische Schriften.

»Und«, sagte der Gendarm, als er geendet hatte, »bringen Sie auch das her, was sonst noch für Sie gefährlich werden kann, alles; wir verbrennen das, dann ist es weg. Es ist besser für mich, aber auch für Sie. Ich jedenfalls kann dann melden, daß bei Ihnen alles in Ordnung ist, eine ergebnislose Hausdurchsuchung. Verstehen Sie das?« Ja, Willi verstand. Der Gendarm brauchte seine Hausdurchsuchung und wollte ihn gleichzeitig vor Schaden bewahren. Es dauerte ein paar Minuten, bevor er ganz begriff, was vor sich

ging und was auf ihn nach dem Besuch des Gendarmen in ein paar Wochen oder vielleicht schon in wenigen Tagen zukam.
Er ging hin und her, unruhig, nervös, er sah auf den Kachelofen, der in einer Ecke des Wohnzimmers stand und in dem ein Holzfeuer brannte, das er am frühen Morgen angezündet hatte. Etwas von der Angst, die sich überall bemerkbar machte, ergriff jetzt auch ihn, sie war mit dem Gendarmen hereingekommen, mit seinem Schäferhund, mit seiner Uniform, mit seinem freundlichen Gesicht. Nicht er verkörperte die Angst, sondern das, was hinter ihm stand: seine Auftraggeber, die Feinde mit ihrem Haß und ihrer Grausamkeit. Er wußte, daß es besser war, dem Rat des Gendarmen zu folgen, doch es kam ihm vor, als hätte dieser ihn aufgefordert, sich selbst zu verbrennen.
Ein paar Minuten zögerte er noch, blieb an seinem Schreibtisch stehen, vor seinen Büchern, Namen und Titel, die er jetzt verraten mußte, während der Gendarm schwieg und wartete. Dann drehte er sich um und sagte: »Sie haben recht. Fangen wir an.«
Der Gendarm nickte, erleichtert, zufrieden, er schnallte ab, wie er sagte, legte sein Koppel

beiseite, öffnete den Uniformrock, wies seinen Schäferhund mit einem »Platz« in eine Ecke des Zimmers, schob sich einen Stuhl vor den Ofen und machte es sich bequem. Er war ein korpulenter Mann und atmete schwer, als sei eine Last von ihm gefallen. Vorsichtig öffnete er die Ofentür und sah eine Weile versonnen ins Feuer; auch er begriff nicht ganz, was vor sich ging. Willi wußte, er war ein konservativer Mann, aber dies ging auch ihm anscheinend zu weit.

Sie begannen mit agitatorischen Schriften, pazifistischen Aufrufen, Broschüren der Friedensgesellschaft; Willi holte sie aus dem Schlafzimmer und reichte sie dem Gendarmen, der sie, eine nach dem anderen, ins Feuer warf, ohne sie sich näher anzusehen. Das mit jeder Broschüre immer wieder aufflammende Feuer fraß sie auf. Der Gendarm sagte kein Wort, alles ging stumm vor sich, als hätten sie beide die Sprache verloren. Nach den Broschüren begann Willi mit den Büchern. Die Liste, nach der er sich richten mußte, lag auf dem Schreibtisch. So lief er hin und her zwischen dem Schreibtisch und dem Bücherregal, suchte ein Buch heraus und reichte es dem Gendarmen, der es dem Feuer übergab, nunmehr langsam, bedächtig, denn auch das Feuer war nicht mehr so schnell wie zu Anfang. Es fraß die Bücher ebenso bedächtig, wie der Gendarm sie ihm zuwarf. Es waren nur wenige Bücher, die verschwinden mußten, darunter aber einige, an denen Willi hing. So zögerte er einmal und blieb mit den Worten hinter dem Gendarmen stehen: »Kann ich das hier nicht behalten?«

»Unsinn«, antwortete der Gendarm, »was sein muß, muß sein. Es steht doch auf der Liste.«

Ja, es stand auf der Liste, Willi mußte es zugeben. Es verschwand im Feuer wie seine Vorgänger, und plötzlich fühlte er sich schuldbewußt: Er hätte es nicht zulassen dürfen, er hätte sich weigern, sich widersetzen müssen. Nun war es der Gendarm, der sein Unbehagen spürte, er drehte sich auf seinem Stuhl um, etwas schwerfällig, und sagte: »Dies ist die erste Haussuchung, aber bestimmt nicht die letzte, es wird schlimmer werden, darauf können Sie sich verlassen. Dann werden die anderen kommen, und die brechen bestimmt das ganze Haus auseinander. Nehmen Sie es nicht so ernst. Es sind ja nur Bücher.«

Willi nickte, er wußte, was ihm bevorstand; dies war nur der Anfang, es würde schlimmer für ihn kommen, sehr viel schlimmer. Für den Gendarmen waren es Bücher, die da im Ofen verbrannten, für ihn aber verbrannte dort, vor seinen Augen, in seinem Kachelofen, eine ganze Zeit, verbrannte seine Überzeugung, sein Glaube, alles, wofür er jahrelang eingetreten war.
Er hörte seine Kinder kommen, seine Schulkinder, sie füllten lärmend und polternd den Klassenraum, der, der Wohnung gegenüber, auf der anderen Seite des Flurs lag. Er ließ sie warten, mußte sie warten lassen.
Der Gendarm saß schweigend auf seinem Stuhl und starrte noch eine Weile ins Feuer, nachdem er das letzte Buch und eine Broschüre, die Willi noch in seinem Schreibtisch fand, in den Ofen geworfen hatte. Er tat, als höre er den Lärm der Kinder nicht, die ihren Lehrer erwarteten. Sein Gesicht war leicht erhitzt und gerötet von der Wärme des Feuers.
Endlich stand er auf, knöpfte seinen Uniformrock zu, schnallte sein Koppel um, wobei er sich etwas aufrichtete, als sei er erst jetzt wieder der Vertreter der Staatsgewalt.

Er räusperte sich und sah Willi mit einem Blick an, in dem etwas wie Bedauern lag.
»Na ja«, sagte er, »nun ist ja alles wieder in Ordnung. Jetzt kann ich nach oben melden, daß ich hier nichts gefunden habe, rein gar nichts.« Er setzte seinen Landgendarmenhelm auf, rief seinen Schäferhund, der geduldig während der ganzen Zeit in einer Ecke des Wohnzimmers gesessen hatte, verabschiedete sich mit einem Handschlag und öffnete die Wohnungstür.
Willi ging hinter ihm her bis vor die Haustür. Der Gendarm schritt hinaus, ohne sich noch einmal umzusehen. Willi sah ihm nach, bis er den Vorgarten verlassen hatte und unten im Dorf verschwand. Die Schule, eine einklassige Volksschule, lag auf einem leichten Hügel, und die wenigen, meist noch strohgedeckten Häuser des Dorfes gruppierten sich um zwei Seen, die von Wäldern umgeben waren. Willi blieb ein paar Minuten vor der Schultür stehen: Das dort unten war seine Heimat, sein Zuhause, er empfand es so, von dort kamen seine Kinder.
Dann drehte er sich um und ging in seinen Klassenraum. Die Kinder sprangen alle auf, als er hereinkam, er sagte: »Guten Morgen,

Kinder«, und sie antworteten im Chor: »Guten Morgen, Herr Lehrer.« Gleich darauf setzten sie sich, und es wurde sehr still in dem Raum. Willi ging vor der Klasse auf und ab, er war nervös, bedrückt, unruhig, er fand nicht das richtige Wort für die Kinder, keinen Anfang, es beschäftigte ihn noch, was soeben geschehen war, die merkwürdige Haussuchung und das sonderbare Verhalten des Landgendarmen. Endlich fragte eines der Kinder, ein Junge, der ganz vorn saß, es war mehr ein Flüstern als eine offene klare Frage: »Was wollte denn der Gendarm?«
Willi hörte es, blieb stehen und fuhr sich mit der Hand über die Stirn, wie er es häufig tat, dann antwortete er: »Ach der, der wollte nur sehen, was wir hier so machen. Er fand alles in bester Ordnung.«
Für einen Moment fühlte er sich erleichtert und begann, etwas stockend und zögernd, mit dem Unterricht.

Vier Wochen später kam die Entlassung. Er hatte sie befürchtet, aber nicht so schnell erwartet. Der Briefträger brachte ihm das amtliche Schreiben an einem kalten Tag, Anfang März, früh am Morgen. Er wußte sofort, was der Brief enthielt. In wenigen Tagen vielleicht würde er kein Lehrer mehr sein, kein Beamter, kein Erzieher der Kinder. Der Brief enthielt, was er erwartete. Die vorgesetzte Schulbehörde teilte ihm mit, daß er als Lehrer ungeeignet sei und deshalb sofort suspendiert würde, seine Bezüge entfielen für immer, zum Monatsende müsse er die Schule übergeben, ein Nachfolger für ihn sei schon ernannt, dieser würde sich bei ihm melden.

Für einen Augenblick war es ihm, als hätte ihm jemand ins Gesicht geschlagen. Das Wort ›ungeeignet‹ setzte sich in seinem Kopf fest: ungeeignet, ungeeignet, ungeeignet; es drehte sich wie ein Karussell, immer dasselbe Wort. Es schwindelte ihm ein wenig, ja, es kam ihm vor, als verlöre er den Boden unter seinen Füßen. Es war eine politische Infamie, er wußte es, er war nicht ungeeignet, nicht er, die anderen waren es vielleicht, seine Gegner, seine Feinde. Es war ihre Rache, sie ließen ihn davonjagen, aus seinem Beruf, von seinen Kindern, aus seiner Schule.

Kurz darauf stand er vor seinen Kindern, sein Unterricht war unkonzentriert, fahrig, es fiel ihm schwer, sich zu beherrschen, er gab sich Mühe, sich nichts anmerken zu lassen, doch die Kinder spürten, daß etwas geschehen war, etwas, das auch sie betraf. Sie saßen still in ihren Bänken, benommen, sie lärmten nicht, sie fragten nichts, sie hörten ihm zu, ohne ihm zuzuhören; ihr Lehrer war nicht derselbe, den sie kannten und den sie liebten.

Endlich am Ende des Vormittags, kurz vor Schulschluß, setzte er sich an seinen Katheder, sah die Kinder eindringlich an, und die Kinder sahen neugierig zu ihm auf, als ahnten sie, daß sie nun etwas erfahren würden. Er begann mit dem Satz: »Ich muß euch etwas sagen«, stockte, sah noch einmal in die gespannten Gesichter der Kinder, und fuhr dann fort: »Es ist besser, ich sage es euch. Ihr werdet es ja doch bald erfahren. Ich muß euch verlassen. Ihr bekommt einen neuen Lehrer. Schon in wenigen Tagen wird er hier sein. Ihr müßt euch daran gewöhnen.«

Es traf die Kinder wie ein Schock, nach einer Minute der Verblüffung, wurden sie unruhig.

»Nein, nein«, schrien einige, »das ist nicht wahr«, und einer rief immerfort: »Warum, warum?«

Willi saß da, den Kopf in die Hände gestützt,

wie sollte er ihnen das Warum erklären, das Warum seiner Überzeugungen, den eigentlichen Grund seiner Entlassung? Sie würden es nicht begreifen, nichts von dem, was da herankam: eine neue Welle des Nationalismus, des Chauvinismus, des Hasses und des Krieges vielleicht. Nein, er konnte es ihnen nicht erklären. So schwieg er, bis die Kinder sich wieder beruhigt hatten, dann sagte er langsam, leise: »Damit ihr wißt, was los ist. Ihr könnt es euren Eltern erzählen, wenn ihr wollt. Ich bin kein Lehrer mehr.«
Er hatte sich während dieser Sätze erhoben, stand aufrecht hinter seinem Katheder, sagte: »Ihr könnt jetzt nach Hause gehen«, nun wieder im üblichen Ton, und verließ den Klassenraum, ohne sich nach den Kindern umzusehen. Er ging hinüber in seine Wohnung, ließ sich in einen Sessel fallen und starrte vor sich hin, er sah auf das Bücherregal, auf die Bücherreihe, auf den Kachelofen und auf die Ofentür, mit der alles begonnen hatte: zuerst die Verbrennung der Bücher und dann die Entlassung.
Für eine kurze Zeit wußte er nichts mit sich anzufangen. Was sollte er tun? Weiter für seine Überzeugung eintreten? Er würde sie

niemals aufgeben, das konnte er nicht, aber sich widersetzen, Widerstand leisten, agitieren? Das war nur für ein paar Tage möglich. Sie würden ihn überwachen, abholen, verhaften, drangsalieren. Er wußte auch das. Es gab schon genug Beispiele. Man würde auch ihn nicht verschonen. Und wohin sollte er gehen? Es blieben nur seine Eltern, die ein paar Dörfer entfernt lebten, es blieb die Familie, in der er groß geworden war. Dorthin zurückzugehen, glaubte er, war der einzige Weg, den es für ihn gab.

Der neue Lehrer kam eine Woche später, ein junger Mann, anders als er selbst, drahtiger, forscher, selbstsicher, nicht unsympathisch, sondern aufgeschlossen und höflich, doch mit einer Sprache, die Willi nicht sonderlich gefiel. Es waren ihm zu viele falsche Töne darin, pathetische, emphatische Worte oft, die er nicht mochte. Die Kinder würden es nicht leicht mit ihm haben, und von dem, was er angestrebt hatte, würde so gut wie gar nichts übrigbleiben.

Noch am Vormittag übergab er dem neuen Lehrer seine Klasse. Er versuchte es leicht zu machen, nicht feierlich, er tat vor den Kindern, als sei alles selbstverständlich, einmal, so dachte er, muß ja jeder abgelöst werden. Die Kinder hörten ihm schweigend zu, sie konnten, sie durften angesichts eines neuen Lehrers nicht widersprechen.

Der neue Lehrer sagte ein paar Worte, er sprach in Andeutungen von der neuen Zeit, was die Kinder nicht verstanden, und endete mit dem Satz: »Wir werden schon miteinander auskommen. Da bin ich sicher.«

Eines der größeren Mädchen weinte, sie schluchzte in ihr Taschentuch. Willi wollte es nicht sehen, er sah darüber hinweg, nein, er wollte keine Sentimentalität, keine Weinerlichkeit. Es ging ihm nahe, er mußte es sich eingestehen; die Trennung von seinen Kindern, von denen er die meisten seit vielen Jahren kannte, fiel ihm nicht leicht, sie war schmerzlich, aber er wollte es nicht zeigen, nicht vor den Kindern und nicht vor dem jungen Lehrer, der neben ihm stand. Er gab jedem Kind die Hand. Sie kamen aus ihren Bänken heraus, traten einzeln vor, sagten: »Auf Wiedersehen, Herr Lehrer«, und er nannte jedes Kind beim Vornamen und sagte ebenfalls: »Auf Wiedersehen.« Ein paarmal lachte er dabei leicht auf und fügte noch eine

Bemerkung hinzu: ein Lob, eine Anerkennung, eine Aufforderung – nie einen Tadel.
Dann, als er auch dem letzten Kind die Hand gegeben hatte, wandte er sich wieder dem jungen Mann zu, dem neuen Lehrer, seinem Kollegen: »Gut, ich glaube, das ist alles. Über das andere, was Sie wissen müssen, habe ich Sie ja bereits unterrichtet. Ich erwarte Sie noch drüben in der Wohnung, wenn Sie hier fertig sind.«
Die Kinder, die wieder in ihren Bänken saßen, standen alle auf, als er hinaus ging. In der Wohnung, seiner Lehrerwohnung, wie man sie nannte, kam ihm alles fremd vor. Nichts war mehr wie es gestern gewesen war. Ein Gefühl der Leere überfiel ihn, alles war umsonst gewesen, seine Versuche mit neuartigen Lehrmethoden, seine vielen Reden, sein Eintreten für eine veränderte, vielleicht bessere Welt. Nichts war davon geblieben.
Er begann seine Sachen zusammenzupacken. Die Möbel wollte er später abholen lassen, die wenigen Möbel, die noch ihm gehörten; einiges blieb zurück, das andere hatte seinerzeit schon seine geschiedene Frau holen lassen. Er war ein unordentlicher Mensch, es interessierte ihn nicht, was ihm gehörte und

was nicht. Für sich brauchte er nur das Notwendigste. Er warf alles in zwei mittelgroße Koffer, dabei ging er vom Wohnzimmer ins Schlafzimmer, von dort in die Küche und wieder zurück, er sah sich alles an, fand das meiste überflüssig und ließ es dort liegen oder stehen, wo es war.

Als er fast fertig war, kam der neue Lehrer herein. Er setzte sich in die Nähe des Ofens, die Hände zwischen den Knien, sann vor sich hin und sah seinem einpackenden Kollegen zu.

Nach einer Weile des Schweigens sagte er: »Die Kinder haben Sie anscheinend sehr geliebt.« Willi blieb in seinem etwas rastlosen Hin- und Hergehen stehen. Er wußte nicht gleich eine Antwort, er war sich nicht sicher, ob das Liebe war oder nicht, was die Kinder ihm entgegenbrachten, vielleicht war es eine Art Freundschaft, freundschaftliche Gefühle, die sie für ihn hegten, mehr konnte es nicht sein. So antwortete er nach einem Augenblick des Nachdenkens: »Nein, ich glaube nicht, daß das Liebe ist. Liebe ist etwas anderes. Das hier ist nach meiner Ansicht eine Art Zusammengehörigkeitsgefühl. Wir sind ja seit vielen Jahren zusammen, die Kinder und ich,

Tag für Tag, das bindet. Wahrscheinlich kennen sie mich so gut wie ich sie kenne. Das ist es wohl.« Der junge Mann nickte, es war ihm klargeworden, welche schwierige Aufgabe er übernommen hatte, es würde nicht leicht für ihn werden, er wußte es jetzt. So saß er da, etwas bedrückt, nicht mehr forsch wie bei seiner Ankunft, und sagte, wieder nach einer Weile des Schweigens: »Ich beneide Sie.«

Willi, der sein unruhiges Hin- und Hergehen wieder aufgenommen hatte, blieb verdutzt dicht vor ihm stehen: »Weshalb beneiden Sie mich denn? Weil ich den Schuldienst quittieren muß, weil ich gehen muß, weil ich davongejagt werde, wie einer, der ungeeignet ist?«

»Sie sind nicht ungeeignet«, sagte der andere. »Das ist nur ein Vorwand. Ich beneide Sie um die Zuneigung der Kinder. Das habe ich noch nie gesehen.«

Jetzt war es an Willi, zu schweigen; es fiel ihm nichts ein, was er antworten konnte, er wollte diese Zuneigung der Kinder weder bestätigen noch verneinen, sie war eigentlich selbstverständlich, sie war ja nicht einseitig, sondern beruhte auf Gegenseitigkeit, nach seiner Ansicht die Voraussetzung einer jeden Pädagogik. Doch er wollte den Neuen nicht belehren, noch sich mit ihm auseinandersetzen. Es war zu spät dazu. Gestern noch hätte es ihm Spaß gemacht, wäre ein solches Gespräch für ihn interessant gewesen, nun, im Augenblick, war es ihm fast gleichgültig. Den Ausbildungsstand junger Lehrer glaubte er zu kennen, doch bald würde sich auch das wieder verändern, vielleicht ins Patriotische verkehren, wieder Vaterland, Nation, Treue, Ehre und Gehorsam. Nein, es war nicht gut, daran teilzunehmen; er war dem enthoben, er mußte es nicht mehr. Für den Bruchteil einer Sekunde versuchte er, es sich einzureden, vielleicht, dachte er, ist es besser so.

Es fror ihn ein wenig, es kam ihm vor, als würde die Wohnung, die nicht mehr die seine war, immer kälter. Er zog seinen Mantel an, setzte seinen Hut auf, einen alten, großen originellen Schlapphut, den er schon seit einer Ewigkeit trug – niemand in der ganzen Gegend kannte ihn anders als mit diesem Hut –, nahm seine beiden Koffer auf und ging hinaus.

Der neue Lehrer folgte ihm bis zur Haustür, respektvoller als vorher, wie Willi empfand,

und verabschiedete sich mit den Worten: »Es tut mir leid, sogar sehr leid.«
Willi ging den Weg hinunter, der in das Dorf führte, allein, bis jemand kam, der ihm half, seine Koffer zu tragen: ein Junge, der bei ihm zur Schule gegangen war.
Seine Eltern nahmen ihn auf, als sei er erst gestern fortgegangen, sein Vater begrüßte ihn als ›Köster-Willi‹, ein Spitzname aus seinen ersten Lehrerjahren, und seine Mutter sagte: »Na, dann richte dich man bei uns ein, es wird wohl lange dauern.«
Aber er brauchte Wochen, ja Monate, um sich damit abzufinden. Er war jetzt ein Mann ohne Arbeit, ohne Beruf, einer, der überflüssig war in der Gesellschaft der nationalen Wiedergeburt. In dem Ort, in dem er nun wohnte, kannten ihn alle, viele waren seine Freunde gewesen, hatten ihn anerkannt, geachtet – so gut wie nichts war davon geblieben. Die meisten waren jetzt seine Gegner, sie grüßten ihn kaum, wenn sie ihm begegneten, oder sahen ganz über ihn hinweg, über einen davongejagten Lehrer, einen Feind der Bewegung.
So begann ein anderes Leben für ihn, ein Leben ohne Inhalt, ohne Ziel. Er besaß keine

Aufgabe mehr, alles, wofür er gelebt hatte, war wie fortgeweht.

Bevor sein Leben richtig begann, geschah ihm ein Mißgeschick. Er fiel aus dem Kinderwagen. Niemand wußte später mehr genau zu sagen, welche Ursache zu diesem Sturz geführt hatte, sein eigenes unruhiges Verhalten oder die Unaufmerksamkeit anderer. Auf jeden Fall trug sein linker Fuß bleibende Schäden davon. Er wurde trotz der Anstrengung des Dorfarztes kürzer als der rechte, kein Klumpfuß, nein, aber etwas ähnliches. Immer mußten besondere Schuhe für ihn angefertigt werden, der linke Schuh anders als der rechte, dabei hinkte er nicht, er ging aufrecht, gleichmäßig, und nur bei genauer Beobachtung konnte man feststellen, daß etwas mit dem linken Fuß nicht ganz in Ordnung war. Auch seine Nase blieb nicht ganz so, wie sie von Geburt her geplant war: Sie bekam einen tiefen Knick in der oberen Hälfte und verbreiterte sich in der unteren; nur seine hohe Stirn blieb unberührt.
Schon früh zeigte sich bei ihm eine besondere Intelligenz. Er hatte das, was andere nicht besaßen, ein sogenanntes treues Gedächtnis.

Gedichte, die er einmal gehört hatte, konnte er noch nach Jahren ohne jede Überlegung und ohne Stocken aufsagen. Alles fiel ihm leicht; seinen Lehrer – er hatte nur einen während der acht Jahre seines Volksschulbesuchs – verblüffte er immer wieder, stets war er der Erste, der Bessere, der Überlegene.

So war es nichts Besonderes, daß er als Schüler mit nicht einmal fünfzehn Jahren, kurz nach der Konfirmation, auf die Präparandenanstalt kam, eine Anstalt, auf der vor dem Ersten Weltkrieg zukünftige Volksschullehrer ausgebildet wurden. Auch hier war er bald einer der Besten, seine Zwischenzeugnisse waren erstklassig, ohne jeden Tadel, und sein Weg schien ihm vorgezeichnet: Volksschullehrer selbstverständlich, dann vielleicht Schulrat und unter Umständen darüber hinaus.

Da begann der Erste Weltkrieg. Die ganze Präparandenanstalt wurde von einem patriotischen Feuer erfaßt, der Vorsteher der Anstalt nannte es so, ›das patriotische Feuer‹. Einer nach dem anderen meldete sich freiwillig, ja, ganze Klassen wollten geschlossen in den Krieg ziehen, sie wollten die Feinde schlagen, besonders die Franzosen, den Erbfeind, fast jeden Tag sangen sie: »Siegreich woll'n wir Frankreich schlagen.« Tag für Tag feierten sie Siege, sangen sie ihre patriotischen Lieder, und der Unterricht verfiel zusehens angesichts der vaterländischen Begeisterung. Sie kannten keinen Pardon gegenüber ihrem eigenen Leben, sie wollten es, wie sie sagten, für das Vaterland in die Schanze schlagen. Über Nacht war der Krieg zum Sinn des Lebens geworden, ein heiliges Feuer, das sie nicht auslöschen, sondern anheizen wollten zu immer neu auflodernden, hellen Flammen.

Auch Willi wurde von der Begeisterung erfaßt, auch er meldete sich freiwillig, feierte die Siege mit den anderen und trug bei solchen stürmischen Feiern Heldengedichte vor, Balladen, die er in seinem Kopf hatte.

Doch sein Kinderwagensturz rächte sich jetzt, sein zu kurzer linker Fuß stand ihm im Wege, er wurde zurückgestellt, als kriegsuntauglich befunden, und so mußte er zusehen wie seine Mitschüler davonzogen, blumengeschmückt, jubelnd, zuerst in die Kaserne und dann in den Krieg. Aber er gab nicht nach, er fühlte sich gedemütigt, zurückgesetzt, ein junger

Mann, ein Jüngling, wie ihn einer der Lehrer nannte, der nicht kämpfen, der nicht für das Vaterland sterben durfte. Mit seiner Schönschrift – jeder Buchstabe war dabei ein kleines Kunstwerk – versuchte er mit immer neuen Anträgen, die zuständigen Wehrbehörden umzustimmen.
Endlich, fast ein Jahr später, bekam er einen Bescheid, er müsse zuerst die Einwilligung seines Vaters vorlegen. Sofort setzte er sich hin und schrieb an seinen Vater, der unter irgendeiner Feldpostnummer in Rußland zu erreichen war. Inständig bat er ihn um seine Einwilligung; er könne, so schrieb er, sonst nicht weiterleben. Ja, zum Schluß verstieg er sich zu dem Satz: »Entweder Du gibst mir die Einwilligung, oder ich hänge mich auf.«
Es vergingen viele Wochen, dann kam die Einwilligung seines Vaters, aber er riet ihm auch gleichzeitig ab. Der Krieg, so schrieb er, sei kein Kinderspiel, er könne noch Jahre dauern, noch sei das Ende nicht abzusehen, Zeit genug also, um sich das gründlich zu überlegen; besser sei, er bliebe auf der Präparandenanstalt und warte ab.
Willi jubelte, es war soweit, er konnte einrücken. Zwei Monate später wurde er zu den

Musketieren eingezogen – es gab zu dieser Zeit noch Musketiere –, aber er wurde nicht an der Muskete ausgebildet, die existierte nicht mehr, sondern am Karabiner 98.

Er gab sich viel Mühe, seinen zu kurzen Fuß vor seinen Kameraden und seinen unmittelbaren Vorgesetzten zu verbergen; passende Stiefel gab es für ihn nicht, so trug er ein Paar Kommisstiefel, von denen der eine etwas kleiner war als der andere. Bei langen Märschen wurden seine Stiefel für ihn zur Pein, oft war er kurz vor dem Zusammenbruch, aber er gab nicht nach, er wollte sein wie die anderen, ein Krieger, der auszog, alle Feinde Deutschlands zu vernichten. Und als sie endlich, wieder fast ein halbes Jahr später, nach Westen abtransportiert wurden, fieberte er der Front entgegen: Er war endlich dabei, einer von vielen. Zuerst glaubte er, es sei nur an dieser Stelle der Front so, dieses immer wiederkehrende Trommelfeuer, dieser schmutzige Grabenkrieg, dieses Inferno, in dem es keine Lichtblicke gab, nur Tote, Verwundete, Sterbende.

Nach wenigen Wochen war seine strahlende Musketierkompanie nur noch ein loser, heruntergekommener Haufen, mühselig zusammengehalten durch Befehle, durch straffe Disziplin. Sein zu kurzer Fuß machte ihm doch mehr zu schaffen, als er angenommen hatte; oft, wenn sie sich zurückzogen, eine Ablösung für ein paar Tage, vor einem neuen Einsatz, zog er die Stiefel aus und lief barfuß oder auf Socken neben seinen zurückgehenden Kameraden her. Niemand nahm es zur Kenntnis, niemand machte sich darüber lustig; alle waren müde, zerschlagen, bis zur völligen Erschlaffung abgespannt.

Mit jedem Tag, der verging, sank seine Begeisterung für den heiligen Krieg, gegen eine Welt voller Feinde mehr in sich zusammen. Allmählich wurde das Leben für ihn wichtiger als der Tod, zuerst sein eigenes Leben, dann das Leben aller anderen. Er wollte leben, nicht sterben wie so viele um ihn herum, nicht verwundet werden, zerrissen, verstümmelt, für das ganze Leben gezeichnet.

Seine Kompanie schrumpfte mehr und mehr zusammen, oft kam nur die Hälfte von denen zurück, die vorher in die Gräben gegangen waren. Bei jedem Sturmangriff sprang er mit aus dem Graben, mit Stiefeln oder ohne, doch immer kam er zurück, einmal sogar mit einem verwundeten Freund auf dem Rücken, den er von Granattrichter zu Granattrichter geschleppt hatte, um ihn zu retten. Jetzt hätte er sich wie ein Held vorkommen können, aber sein Heldenbegriff hatte sich längst aufgelöst in Elend, Dreck, Schlamm, Kot und Blut. Nichts war davon geblieben, nur ein abgestumpfter Überlebenswille. Fast zwei Jahre seiner Jugend vergingen, immer mehr erschien ihm der Krieg wie eine einzige, riesige, unübersehbare Tötungsmaschine, von Menschen geschaffen, die nicht daran teilnahmen, ein Moloch, der seine Freunde, seine Kameraden, ja, seine ganze Generation verschlang. Sein ganzes Leben, wenn er es behalten sollte, würde davon gezeichnet sein, er würde sich dagegen wenden, er wußte es jetzt, dafür wollte er am Leben bleiben, gegen jegliche Wiederholung, gegen den Krieg als Vater aller Dinge, gegen dieses Massensterben, für das es keine Rechtfertigung gab.

Eine leichte Verwundung, kaum der Rede wert, wie er selbst sagte, brachte ihn in ein Feldlazarett, knapp hinter der Front. Die Ärzte entdeckten seinen zu kurzen Fuß, einen Klumpfuß nannten sie ihn, worüber er sich ärgerte, es war kein Klumpfuß, er war, so hatte er es sich eingeredet, nur etwas ver-

kürzt. Sie wunderten sich, wie er an die Front gekommen war; nach ihrer Ansicht war er kriegsuntauglich, daran gab es keinen Zweifel. Sie fragten ihn aus, wie hatte er die Strapazen überstanden, wie die Sturmangriffe, das Trommelfeuer, das Vor- und Zurückmarschieren; es war ihnen unverständlich.
Er hörte ihnen zu, ohne zu antworten, nur einmal, als sie ihn fragten, ob er denn wirklich wieder zurück wolle an die Front, schüttelte er den Kopf, und seine Antwort war unmißverständlich: »Nein, nein, nie wieder.«

Diesmal war es nicht der Landgendarm, der kam, um ihn abzuholen. Es kamen zwei Männer in Zivil, die er nicht kannte, sie kamen, wie der Gendarm, früh am Morgen, fast im Morgengrauen. Sie machten nicht viel Worte, sie waren sehr schweigsam und forderten ihn auf, sich anzuziehen und fertigzumachen, es könne unter Umständen lange dauern. Sie nahmen ihn mit in die Kreisstadt, sprachen auch unterwegs kein Wort mit ihm, hielten mit ihrem Wagen vor dem Gerichtsgebäude und übergaben ihn dort zwei Gefängniswärtern, die ihn in eine normale

Gefängniszelle sperrten, als hätte er einen Diebstahl oder mehr begangen.
Diese Verhaftung kam ihm merkwürdig vor. Warum hatten seine Gegner, die an der Macht waren, so lange gewartet, fast ein halbes Jahr, warum holten sie ihn erst jetzt? Jemand mußte ihn denunziert haben, irgend jemand, den er kannte. Er ging seine Freunde durch, seine ihm bekannten Feinde, er fand niemanden, ja, er traute es niemandem zu.
Schon am Nachmittag begann das erste Verhör. Der Beamte, der ihn verhörte, besaß nach seiner Ansicht kein Gesicht, aus dem man etwas hätte herauslesen können, er war gesichtslos, doch seine Fragen kamen schnell, routinemäßig, und Willi versuchte sie zu beantworten, so gut er konnte.
Seine Vergangenheit sei klar, sagte der Beamte, das hätte man in den Akten; nun aber lägen Anzeichen vor, daß er sich auch weiterhin gegen die nationale Revolution stelle, gegen die Bewegung, ja, gegen Hitler selbst, es gäbe Äußerungen von ihm, die den Verdacht nahelegten, er sei im geheimen auch konspirativ tätig.
Willi stritt alles ab, Redensarten, die er benutzt hatte, spielte er herunter, nichts ent-

spräche der Wahrheit, nur, er müsse zugeben, er sei noch kein überzeugter Nationalsozialist, aber er wolle es werden, brauche aber Zeit dazu, es falle ihm nicht leicht, sich umzustellen und gleichzuschalten, wie man es neuerdings nenne, doch er würde es schaffen, vieles leuchte ihm schon ein. Ein Überläufer, das sei er nicht, daran hätte er auch an der Front nie gedacht.

Das Gesicht des Gesichtslosen verzog sich leicht. Bei dem Wort Front zeigte sich auf seinen schmalen Lippen eine Art Lächeln. Ohne aufzublicken fragte er: »Wie lange waren Sie an der Front?«

Willi spürte, er hatte an Boden gewonnen, der Mann vor ihm war kein überzeugter Nationalsozialist, ein Deutschnationaler vielleicht, ein Konservativer. So antwortete er kurz und jetzt ein wenig erleichtert: »Zwei Jahre – 16/17.«

»Und wo?«

Willi nannte Namen, die Somme, Paschendale, andere Namen, auch kleine und kleinste Orte, er besaß noch immer ein treues Gedächtnis, er begann zu erzählen, er war ein guter Erzähler, gab sich aber gleichzeitig Mühe, nicht als Pazifist zu erscheinen.

Endlich unterbrach ihn der Beamte: »Aber Sie sind doch gehbehindert. Jedenfalls steht das hier in den Akten, Klumpfuß oder so etwas. Wie kamen Sie da an die Front?«

»Ich war Kriegsfreiwilliger«, antwortete Willi. Das Gesicht seines gesichtslosen Gegenübers nahm zusehends menschliche Züge an, ja, jetzt wurde es erst zu einem Gesicht für Willi. Jetzt kam ihm zugute, was ihm damals beinahe zum Verhängnis geworden wäre: seine freiwillige Meldung, die er damals gegen alle Widerstände durchgesetzt hatte. Das Wort Front schien sein Gegenüber zu beleben, es war, als kämen Erinnerungen zu ihm zurück, die für ihn viel mehr bedeuteten als für Willi, etwas ganz anderes vielleicht: Mut, Tapferkeit, Orden und Ehrenzeichen. Er lehnte sich etwas straff und gerade zurück, wobei es aussah, als richte er sich auf, sah Willi durchdringend an, trommelte mit den Fingern der linken Hand auf den Tisch, hinter dem er saß, und sagte: »Ja, ja, ich war auch dort, bei Paschendale, dort habe auch ich gekämpft, als Leutnant bei der Artillerie. Sie waren Infanterist, nicht wahr?« Willi nickte: »Ja ich war Infanterist«, antwortete er leise, und gleich darauf erhob sich der Beamte und

beendete das Verhör, nunmehr mit fast freundlicher Miene: »Na gut, wir sehen uns wieder.«
Willi wurde zurück in seine Zelle geführt, er fühlte sich erleichtert. Das war das erste Verhör in seinem Leben gewesen, er hatte es gut überstanden, besser, als er es erwarten konnte. Doch die Angst, daß es anders kommen könnte, verließ ihn nicht, zu viele waren schon abgeholt worden, ohne wiederzukommen, sie waren einfach verschwunden, niemand kannte ihren Aufenthaltsort.
Es wurde eine fast schlaflose Nacht für ihn, diese erste Nacht in einer Gefängniszelle. Seine Träume waren wirr wie seit langem nicht mehr. Das Verhör wirkte unterbewußt weiter, die Erwähnung der Front. Er sah sich wieder in Gräben und Granatlöchern herumkriechen, in Stacheldrahtverhauen, seine nackten Füße hatten sich in Stacheldraht verfangen, er konnte sich nicht daraus befreien, obwohl das Trommelfeuer immer näherkam. Die Angst, eine schreckliche Angst trieb ihn wieder ins Bewußtsein, schwitzend und schreiend erwachte er kurz vor dem Morgen.
Schon wenige Stunden später saß er wieder

vor dem Beamten, der diesmal gelockert aussah, mehr Gesicht zeigte, als Willi hinter seiner Polizeifassade vermutet hatte, und mit verhältnismäßig freundlichen Worten begann: »Also, Sie können wieder nach Hause gehen. Sie sind vorläufig entlassen. Aber das bedeutet nicht viel, überschätzen Sie es nicht. Von nun an stehen Sie unter ständiger Beobachtung; ein Wort zuviel, und Sie sind wieder hier, und dann wahrscheinlich nicht mehr bei mir im Verhör, sondern bei anderen. Ich möchte Ihnen nur einen Rat mitgeben – das steht mir zwar nicht zu, aber in diesem Fall möchte ich es ausnahmsweise tun –: Sehen Sie sich vor, versuchen Sie, sich der Entwicklung« – bei diesem Wort stockte er, räusperte sich und fuhr dann fort – »ich meine, der nationalen Entwicklung anzupassen. Am besten ist, Sie treten der Partei bei oder irgendeiner anderen Formation. Es ist ein Rat, weiter nichts.«
Willi sah ihn erstaunt an. So viele Worte hatte er nicht von ihm erwartet, nicht einen solchen Ratschlag. Es war ein Ratschlag zur Kapitulation. Nein, dazu würde er sich nie hergeben, es wäre Verrat an sich selbst und an allen gewesen, die noch seine Überzeugung

teilten, aber er nickte, lächelte ein wenig, alle Angst war plötzlich von ihm gewichen, und sagte: »Ich werde es mir überlegen.«
»Überlegen Sie es nicht zu lange«, erwiderte sein Gegenüber, »sonst könnte es zu spät sein. So, und jetzt können Sie gehen.«
Wieder brachte man ihn in seine Zelle zurück. Kurz darauf kamen seine Kleider, er konnte seinen Gefängnisanzug abgeben und sich wieder in einen harmlosen Zivilisten verwandeln. Er setzte seinen großen alten Schlapphut auf. Die Polizisten lachten darüber. Er sehe, sagte einer, damit wie ein Waldschrat aus. Willi antwortete nicht darauf, es war ihm gleichgültig, was sie von ihm hielten; das Gefühl, wieder frei zu sein, beherrschte ihn ganz. Er wußte, eine Gefahr war an ihm vorübergegangen, vielleicht ein langer Leidensweg und vielleicht noch mehr als das, aber er wollte vor den Polizisten keine Erleichterung zeigen. So tat er, als sei nichts Besonderes geschehen, und sagte: »Auf Wiedersehen«, wie ein Besucher, der nur einmal kurz in dieses Gebäude hineingesehen hatte.

Nein, für ihn war der Ausgang des Krieges anders gewesen als für diesen ehemaligen Artillerieleutnant, der ihn verhört hatte. Er war aus diesen Kämpfen, den ›Stahlgewittern‹, wie man sie später nannte, nicht mit einem gehärteten nationalen Bewußtsein zurückgekehrt, sondern als Gegner des Krieges. Ja, die Ärzte hatten ihn seinerzeit zurückgeschickt in die Garnisonstadt, von der er ausgezogen war, um siegreich den Feind zu schlagen, nun ein abgemagerter, heruntergekommener junger Mann, dessen Uniform um seinen Körper schlotterte. Alles hatte sich verändert, die Stadt, die Menschen, seine Kaserne der Musketiere; den Jubel hatte eine bleierne Starre abgelöst, niemand sprach mehr vom Sieg. Die Kaserne glich einem Versehrtenlager, einer Art Sammelraum für Zurückgeschickte, für Verwundete, die gerade genesen waren. Die Musketiere, die auf den Höfen ausgebildet wurden, kamen ihm wie Kinder vor, die gerade die Konfirmation hinter sich hatten. Nichts war mehr, wie es gestern gewesen war. Er kam sich uralt vor, als sei er nicht zwei Jahre, sondern zwei Jahrzehnte abwesend gewesen, in einem Land voller Grauen, in der Nähe der Hölle.

So begann er, gegen den Krieg zu sprechen, in der Genesendenkompanie, der er zugeteilt worden war, in den Kasernenstuben, gegenüber den jungen Musketieren, wenn er mit ihnen ins Gespräch kam, überall, wo es möglich war. Seine Überzeugung festigte sich mehr und mehr: Dies durfte nie wieder sein, diesem Krieg durfte kein anderer folgen.
Er wurde Pazifist aus Leidenschaft, aus Haß, aus Abscheu. Die Befehle seiner Vorgesetzten nahm er nur noch mit Widerwillen hin, er widersprach, wo er konnte, er wurde aufsässig, wenn es ging. Man ließ ihm fast alles durchgehen, er galt in den Augen der anderen als ein altes Frontschwein, als einer, dem man schlecht etwas anhaben konnte, obwohl er noch nicht einmal zwanzig Jahre alt war.
Sein zu kurzer Fuß störte ihn nicht mehr, seine Gehbehinderung, jetzt war sie ihm gleichgültig, sie hatte ihn gerettet, ohne sie wäre ihm der Tod mit jedem Tag nähergekommen, unentrinnbar, nach seiner Ansicht.
Mit jedem Monat, der verging, wurde es trostloser in der Kaserne, es gab Unruhe unter den jungen Rekruten. Er, Willi, sorgte mit dafür, mit seinen aufsässigen Reden gegen Kaiser und Reich.

Seine Feindschaft gegen den Krieg verwandelte sich in Haß gegen die bestehende Ordnung, die er für morsch hielt, und die beseitigt werden mußte, gründlich und schnell.
Es kam das Ende des Krieges, es kamen die Tage der Revolution. Einige wollten eine rote Fahne auf dem Dach der Kaserne anbringen, die Fahne der Freiheit, wie sie es verstanden, die Fahne einer neuen Zeit. Willi und einige andere Frontsoldaten waren zwar dafür, die meisten jedoch wollten nach Hause, sie kannten nur ein Ziel, die Familie. »Es reicht«, sagten sie, »es ist genug, wir wollen nicht mehr.«
Vergeblich versuchte Willi, den einen und den anderen zu überzeugen, wie wichtig für sie die Revolution war. Sie waren seiner Meinung, aber sie wollten nicht bleiben, keinen Tag länger, jeder zusätzliche Tag war ihnen schon zuviel.
So verliefen sie sich. Mit jedem Tag wurde die Kaserne leerer, trostloser; ein verlassener roter Backsteinbau, einem ehemaligen Feldmarschall gewidmet, der irgendwann und irgendwo im Bett gestorben war, und dessen Namen sie aus der Schule kannten.

Das Verhör hatte ihn nicht sehr beeindruckt. Die Verherrlichung der ehemaligen Frontkameradschaft, er konnte sie nicht mehr verstehen. Einige Monate lang lebte er ganz zurückgezogen, äußerte sich nur im Kreis der Familie und ging den harmlosesten Beschäftigungen nach, angelte, suchte Pilze; und im Wald, wenn er mit sich allein war, wetterte er gegen alles, gegen das System, gegen Hitler, gegen die sogenannte nationale Revolution. Nur hier fühlte er sich sicher.
Doch dann kam der Tag seiner tiefsten Demütigung. Kurz vor Hitlers Geburtstag betrat der Ortsgruppenleiter das Haus seiner Eltern, begleitet von zwei SA-Führern, alle drei in Uniform, und er stand vor ihnen wie ein Schuldiger, wie ein Verbrecher, einer, der sich vergangen hatte am deutschen Volk.
Es würde, sagte der Ortsgruppenleiter, zu Hitlers Geburtstag eine Eiche gepflanzt, eine Hitler-Eiche, und er sei dazu auserkoren, sie zu pflanzen. Damit könne er beweisen – vor aller Welt sichtbar, von jedem erkennbar –, daß er sich gewandelt habe. Er sagte das alles kurz angebunden, gab Befehle, denen man zu gehorchen hatte, er ließ ihm keine Wahl, keine Entscheidung, kein Ja oder Nein. Er fragte

ihn nicht. Die Parteiabordnung – so nannten sie sich – teilte ihm nur mit, daß sie ihn abholen würden, auch die Stunde, den Beginn der feierlichen Handlung, an der die ganze Bevölkerung teilnehmen sollte. Die Eiche sollte auf einem Hügel gepflanzt werden, nicht weit von dem Dorf entfernt, in dem er einmal Lehrer gewesen war, ein Festakt, umrahmt von einem Feuerwerk und mit Tanz und Spielen in einem nahegelegenen Gasthof.

Willi nahm die Mitteilung hin, ohne ein Wort zu sagen, er ließ ihre Befehle über sich ergehen, als sei er nicht der Betroffene. Es war ihm bewußt, daß es keine Weigerung für ihn gab, sie hätte die sofortige Verhaftung bedeutet, darauf warteten sie. Nein, er hatte nur eine Möglichkeit: die Flucht, das Untertauchen. Aber in dieser Gegend wäre er schnell verloren, würden sie ihn schon nach wenigen Tagen wieder eingefangen haben. Das wäre der sichere Tod.

In diesen Stunden der Betroffenheit und des Nachdenkens kam er zu einem Entschluß: Es war besser, zu tun, was sie wollten, trotz aller Erniedrigung, ohne innerlich nachzugeben, und auf den Tag der Vergeltung zu warten.

Dieser Tag würde kommen, davon war er überzeugt.

Sie holten ihn pünktlich zur festgesetzten Stunde ab, zwei SA-Leute, mit einem Wagen. Sie ließen ihn vorangehen, folgten ihm schweigend. Er kannte sie beide, doch sie gaben sich, als hätten sie ihn nie gesehen. Er durfte hinter ihnen Platz nehmen, sie beachteten ihn nicht, nahmen keine Notiz von ihm, er war ein Objekt für sie, nicht mehr.

Nach wenigen Kilometern kamen sie am Fuß des Hügels an, auf dem der Festakt stattfinden sollte. Alles war für die feierliche Handlung vorbereitet. SA- und Parteiformationen hatten Aufstellung genommen, der Hügel war von Fahnenmasten umringt, geschmückt mit flatternden Hakenkreuzfahnen, fast die gesamte Bevölkerung der umliegenden Ortschaften war auf den Beinen. Sie kannten ihn alle, die Bauern und Fischer, die kleinen Tagelöhner, viele nunmehr in Uniformen gekleidet, auch seine Kinder standen dort, versammelt um ihren Lehrer. Seine Demütigung, er ahnte es, sollte vollkommen sein.

Langsam ging er den Hügel hinauf, das eine Bein leicht nachziehend, barhäuptig – seinen alten Schlapphut hatte er auf Anordnung im

Auto liegengelassen –, die beiden SA-Leute hinter sich, als müßten sie ihn noch immer bewachen. Er versuchte, weder nach rechts noch nach links zu sehen; es fiel ihm das Spießrutenlaufen vergangener Jahrhunderte ein, jetzt kam es ihm vor, als sei er selbst ein Spießrutenläufer, einer, der einem hochnotpeinlichen Strafvollzug unterworfen wurde.

In dem dichten Spalier, durch das er ging, standen sie alle, seine ehemaligen Freunde, seine Feinde, mit unehrlichen, staunenden, verblüfften Gesichtern, mit offenen Mündern. Nur einmal hörte er »Mensch, Willi«; es war leise, sehr leise gesprochen, jemand wollte ihm beistehen, er spürte es.

Auf der Kuppe des Hügels lag die Eiche, ein kleiner Baum, der Hitler geweiht werden sollte. Ein Gärtner stand dahinter, den er kannte, jetzt ebenfalls in SA-Uniform. Er hielt Willi den Spaten hin, mit dem er die Eiche einzugraben hatte, und zeigte auf die markierte Stelle im Boden, wo er sie pflanzen sollte.

Im weiten Kreis um ihn herum standen die kleinen Parteigrößen, der Ortsgruppenleiter allen voran; sein Gesicht kam Willi jetzt hämisch und boshaft vor, aber auch so, als hätte er einen Sieg errungen. Dahinter die

Zaungäste, die Mitläufer, die Neugierigen, Gesichter, die ihm fast alle bekannt waren, Gesichter von Eltern, deren Kinder er jahrelang unterrichtet hatte. Sie warteten auf etwas, er sah es ihnen an, sie warteten darauf, wie er sich verhalten würde, warteten auf das Geschehen in den nächsten Minuten.

Doch so, wie er die Spannung wahrnahm, ja, wie sie unmittelbar auf ihn wirkte, nahm auch seine Erregung ab, und plötzlich war es ihm, als sei er nur noch eine Puppe, die mechanisch reagierte, ohne jedes Gefühl. Nur ein Gedanke blieb: Einmal würde er der Sieger sein.

Er nahm den Spaten aus der Hand des Gärtners und begann zu graben, langsam zuerst, dann schneller. Es fiel ihm nicht schwer, er war körperliche Arbeit gewöhnt. Der Gärtner gab ihm dabei ein paar Anweisungen – etwas weiter rechts, etwas weiter links, hier noch einen Spatenstich und dort noch einen, und schließlich nur noch: »Ich glaube, es reicht.«

Willi richtete sich auf, gab den Spaten in die Hand des Gärtners, nahm den Eichenbaum und setzte ihn mit beiden Händen in das gegrabene Loch.

Der Gärtner war zufrieden, und Willi nahm wieder den Spaten, um die Wurzeln der Eiche mit der ausgeworfenen Erde zu bedecken. Endlich war das Loch, das er gegraben hatte, wieder zu, er konnte die Erde rings um die Eiche festtreten, sie brauchte noch Wasser, aber das war Sache des Gärtners.

Nun kam, was sie von ihm verlangt hatten, und was er als seine tiefste Erniedrigung empfand.

Mechanisch trat er einen Schritt zurück, hob den Arm, der ihm so schwer vorkam, als hätte jemand flüssiges Blei hineingegossen, zum deutschen Gruß und sagte, was ihm befohlen worden war: »Ich weihe diese Eiche dem Führer Adolf Hitler.« Zugleich gingen alle Arme hoch, rings um ihn herum, ein Wald von erhobenen und ausgestreckten Armen. Es war, als grüßten ihn alle, ihn, den nun jedermann einen Verräter nennen konnte, was er nach seiner Ansicht nicht war und niemals sein würde.

Eine Marschkapelle der SA begann zu spielen, der Ortsgruppenleiter kam auf ihn zu, reichte ihm die Hand und sagte: »Na Willi, jetzt ist ja alles wieder in Ordnung.«

Willi übersah die Hand – dies war seine einzige Genugtuung – und antwortete nicht. Nur sein Gesicht verzog sich ein wenig, so als lächelte er, wegwerfend vielleicht, ironisch und verächtlich. Der Ortsgruppenleiter sah ihn verdutzt an, doch bevor er reagieren konnte, hatte Willi sich bereits von ihm abgewandt und ging den Hügel hinunter, langsam, sehr langsam, Schritt für Schritt.

Das Spalier hatte sich aufgelöst, einige der Herumstehenden versuchten, ihn anzusprechen, doch er ging ohne Reaktion weiter, so, als sähe er sie nicht.

Die beiden SA-Leute, die ihn hergebracht hatten, standen bereits an ihrem Auto. Er bat sie um seinen Schlapphut. Sie benahmen sich anders als vorher, zuvorkommender. Einer nahm den Schlapphut aus dem Auto, wo er auf dem Rücksitz lag, und sagte: »Der ist aber schon ziemlich alt. Sie sollten sich mal einen neuen kaufen.«

»Alt ist er«, antwortete Willi, »das walte Gott.«

Er setzte seinen Schlapphut auf, wandte sich ohne Gruß von den SA-Leuten ab und ging die Straße hinunter, die zu dem Ort führte, in dem seine Eltern wohnten. Er kam sich vor wie der letzte Zivilist, den man geohrfeigt hatte, weil er ein Zivilist geblieben war. Alles, was gerade geschehen war, konnte ihn nicht verändern. Kein Jota seiner Überzeugung war dabei verlorengegangen, so dachte er, kein Jota.

Schon am nächsten Tag waren die beiden SA-Leute wieder bei ihm. Sie waren sehr aufgeregt, ja empört, die Eiche sei in der Nacht aus der Erde gerissen worden, man hätte sie offensichtlich irgendwohin verschleppt, sie sei einfach nicht mehr da und nirgends aufzufinden.

Willi sah sie ratlos an, er hätte gern gelacht, schallend gelacht, aber er verkniff es sich: Die Eiche war verschleppt worden – das Wort verschleppt gefiel ihm so gut, eine Eiche verschleppt –, doch er sagte nur: »Donnerwetter, wer hat denn das gemacht?«

Nun begannen die beiden SA-Leute ihn auszufragen, ob er etwas damit zu tun hätte. Nein, er hatte nichts damit zu tun, nicht das geringste, er könne sich, erwiderte er, auch niemanden vorstellen, der ein solches verdammenswürdiges Verbrechen begehen würde, in der ganzen Gegend nicht. Sie seien doch alle überzeugte Nationalsozialisten. Ja, er gab sich Mühe, so auszusehen, als denke er angestrengt darüber nach, wer es wohl gewesen sein könnte. Sie rieten hin und her, der oder der, doch jedesmal sagte Willi: »Nein, der bestimmt nicht.« Dabei wußte er fast instinktiv, wer es gewesen war.

Ein paar Fischer hatten unter den Zuschauern gestanden, auch sie in SA-Uniform, Einwohner aus dem Ort, in dem er jahrelang unterrichtet hatte. Er wußte, daß diese wenigen die Uniform nicht aus Überzeugung trugen; ihre Gesichter während der Hitler-Eichenpflanzung waren ihm noch gegenwärtig, er glaubte, etwas wie Widerwillen, ja Zorn, darin gelesen zu haben.

Er erwähnte ihre Namen nicht gegenüber den beiden SA-Leuten, auch als einer von ihnen genannt wurde, erwiderte er: »Nein, das kann ich nicht glauben, der ist doch ein überzeugter Nationalsozialist.« Er selbst konnte ohne Mühe beweisen, daß er das Haus in der Nacht nicht verlassen hatte.

Noch am selben Tag gab es eine Razzia in dem Ort, in dessen Bereich der Hügel lag, auf dem die Eiche gepflanzt worden war. Sie verlief ergebnislos. Weder der Schuldige noch die Eiche wurden gefunden.

Wochenlang blieb der Eichendiebstahl im

Gespräch. Doch allmählich trat das Ereignis in den Hintergrund vor immer neuen Erfolgen Hitlers.

Vergeblich versuchte Willi diesen Tag seiner tiefsten Erniedrigung zu verdrängen, alles bedrückte ihn: die fortschreitende Entwicklung der nationalen Revolution und sein eigenes, scheinbar so hoffnungsloses Schicksal. Oft fiel ihm ein, was damals, nur fünfzehn Jahre zuvor, geschehen war. Hätten sie damals die rote Fahne auf das Dach ihrer Kaserne gesetzt, wären sie nicht nach Hause gegangen, vielleicht wäre alles anders gekommen.
Aber auch er war nach Hause gegangen und hatte ein Leben begonnen, das ihm selbst nicht gefiel. Nächtelang trieb er sich herum mit anderen zurückgekehrten Kriegsteilnehmern, junge Leute wie er, die keinen Halt mehr fanden. Die Bilder des Krieges verfolgten ihn, ließen seine Phantasie nicht zur Ruhe kommen; er betäubte sie mit Alkohol, mit immer neuen Trinkereien.
Ein Jahr später zog er erneut auf die Präparandenanstalt, die er einmal als Kriegsfreiwilliger verlassen hatte. Nichts hatte sich verändert, die Lehrer waren fast alle noch

dieselben wie vorher. Zu alt, um am Krieg teilzunehmen, waren sie mit ihren Lehrmeinungen und Methoden im Kaiserreich stehengeblieben. Nichts von den großen Erschütterungen war bis zu ihnen vorgedrungen, ihre Anschauungen, ihr Unterricht, ihre Art, Disziplin und Anstand zu fordern, erschienen Willi wie Requisiten aus einer vergangenen Zeit. Nur ihre Schüler, die Lehrer von morgen, waren andere geworden, Kriegsteilnehmer fast alle, neigten sie zur Rebellion, zur Aufsässigkeit. Ihre Sprache war die Sprache der Front, sie ordneten sich nicht mehr unter, sie trugen symbolisch die Stielhandgranate im Stiefelschaft und waren bereit, sie zu jeder Zeit auf den jeweiligen Katheder zu werfen. Die meisten von ihnen besaßen keine feste Überzeugung, sie gaben sich als Nihilisten, denen jeder Respekt verlorengegangen war.

Willi war unter ihnen keine Ausnahme. Auch er fand nur schwer in die bürgerliche Ordnung zurück, sie erschien ihm in ihren Fundamenten erschüttert, sie mußte geändert werden. Dies unterschied ihn von den anderen: seine Überzeugung, sein Vorsatz, sein Ziel.

So fiel es ihm leicht, den Unterrichtsstoff zu

bewältigen, sein treues Gedächtnis, seine Intelligenz, seine Lernfähigkeit halfen ihm dabei, alles fiel ihm zu, Schwierigkeiten traten kaum auf, und als er zwei Jahre danach sein Lehrerexamen mit Auszeichnung bestand, erschien ihm dies selbstverständlich.

Nun konnte er seine neugewonnenen politischen Erkenntnisse vertreten, konnte er seiner pädagogischen Neigung leben. Hatte er sich in der Präparandenanstalt noch zurückgehalten – nein, er war kein Eiferer –, wollte er sich nun voll einsetzen. Er schloß sich einer Friedensbewegung an, nahm an Versammlungen teil, entwickelte sich zum Redner, er sprach gut, frei, ohne Manuskript, er wiederholte sich nie und fand immer neue Argumente für seine Überzeugung.

Seine Reden waren klar, einfach, niemand konnte sich ihnen ganz entziehen. Feinde wollte er nicht haben, auch die Generäle waren für ihn nur Irregeleitete, Opfer eines falschen Bewußtseins.

Doch er wußte, daß er sich Feinde schuf, haßerfüllte Feinde. Sie sprachen nicht offen zu ihm, sie versteckten ihre Feindschaft unter einem Mantel von liebenswürdigen Worten, sie gaben ihm die Hand, schlugen ihm auf

die Schulter, sagten: »Willi, du warst gut«, biederten sich aber gleichzeitig bei denen an, die erneut vom nationalen Selbstbehauptungswillen sprachen.
Er bekam eine Lehrerstelle in einem kleinen Ort, eine einklassige Volksschule mit nur zwanzig Kindern. Auch hier versuchte er, neue Wege zu gehen. Er führte für sich den Anschauungsunterricht ein, den Spielunterricht; seine Kinder sollten spielend lernen, nicht unter Druck, nicht unter Zwang, nicht aus Angst vor dem Lehrer, vor dem Vorgesetzten, vor den Erwachsenen. Er sprach zu den Kindern, wie er dachte.
Der Erfolg blieb nicht aus. Einige seiner Kollegen versuchten, seine Methoden zu übernehmen, was nicht immer gelang, oft fehlten ihnen seine Fähigkeiten. Nur mit der vorgesetzten Schulbehörde gab es immer wieder Ärger. Sie waren noch die Alten, die Schulräte, waren mehr oder weniger konservativ, noch in alten Vorstellungen befangen.
Der Besuch eines Schulrats war für Willi immer ein Tag des Ärgers. Es gab Anordnungen, die Willi auf keinen Fall befolgen wollte, es gab Vorwürfe und Auseinandersetzungen. Seine Methoden des Unterrichts, so vertei-

digte er sich, seien ja nicht völlig neu, es gäbe eine ganze Richtung der modernen Pädagogik, die seinen Vorstellungen entspräche. Er gab nie nach, versuchte vielmehr, den jeweiligen Schulrat zu überzeugen. So wurde er bei den Schulbehörden zum Außenseiter, einer, mit dem man streng oder vorsichtig umgehen mußte, einer, den man gern versetzt hätte, an eine noch kleinere Schule oder in eine der dunkelsten Ecken der Provinz.

Eines Tages heiratete er, ein Mädchen das seine Schule besucht hatte. Er heiratete sie, als sie siebzehn Jahre alt war, was zu allen möglichen Gerüchten führte. Er beachtete sie nicht, es war ihm gleichgültig, was andere über ihn und sein Verhalten dachten. Seine Ehe war ein Irrtum, er gestand es sich ein. Sie endete für ihn bald in Alltäglichkeiten, in kleinlichen Streitereien, in abgestandenen, immer wiederkehrenden Gesprächen. Nie war er für seine Frau da, an jedem freien Tag war er unterwegs für seine politischen und pädagogischen Ziele.

Er wurde zum zweiten Vorsitzenden jener Friedensgesellschaft gewählt, der er sich frühzeitig angeschlossen hatte. Sein Ansehen unter seinen Kollegen wuchs von Jahr zu Jahr,

und er galt als Wortführer bei Auseinandersetzungen mit vorgesetzten Behörden.
Seine rastlose Tätigkeit erhöhte seine Nervosität, wobei seine Ehe immer mehr ins Abseits geriet. Sie wurde nicht alt, sie starb, bevor sie sich entfalten konnte. Seine Frau verließ ihn eines Nachts, ohne eine Nachricht zu hinterlassen. So begann er allein zu leben für seine Ideen und für seine kleine Schule, der er sich nach wie vor mit aller Sorgfalt widmete.

Fast ein Jahr war nach dem Tag seiner großen Demütigung vergangen. Er hatte sich bemüht, ihn zu verdrängen, zu vergessen. Alles erschien ihm immer unwirklicher, die Erfolge Hitlers und die Festigung des Systems, sein eigenes Leben, das nun ohne Höhepunkte verlief. Er wußte, daß er noch immer unter Beobachtung stand, ja, als Volksschädling angesehen wurde.
Noch immer lebte er in dem Haus seiner Eltern, ging allen aus dem Weg, um nicht in unnötige Gespräche gezogen zu werden. Selbst zum Haarschneiden ging er nach Feierabend, wenn der Friseur, sein Schwager, allein im Laden war. Mit ihm konnte er spre-

chen, ohne sich Zwang anzutun, trotz der Gerüchteküche, die der Friseur betrieb.
Eines Abends kam sein Schwager zu ihm, aufgeregt, verwirrt, hilflos, etwas war geschehen, was ihn durcheinandergebracht hatte. Willi hörte ihm schweigend zu und ließ ihn, wie es seine Art war, ganz aussprechen, bevor er sich äußerte.
Während sein Schwager vor ihm hin und her lief, saß er auf einem Stuhl, den Kopf in die Hände gestützt, und wartete. Der Friseur sprach, gleichzeitig mit beiden Händen, was sonst nicht seinen Gewohnheiten entsprach: »Stell dir vor, ich soll in die Partei eintreten, stell dir das vor, der Ortsgruppenleiter verlangt es, sonst, sagt er, machen sie mir mein Geschäft zu, einfach zu. Was soll ich machen? Ich kann doch nicht sagen, ich bin noch nicht überzeugt, das nimmt er mir nicht ab. Ich muß doch jeden Tag den Überzeugten spielen, mit Heil Hitler und allem drum und dran. Jetzt habe ich schon vor zwei Jahren das Hitlerfoto aufgehängt, aber das genügt nicht, das ist ihnen zu wenig, jetzt muß ich auch noch in die Partei. Was sagst du dazu?«
Willi saß immer noch schweigend da, er kam sich selbst etwas ratlos vor. Jeder Vorschlag,

den er seinem Schwager machen konnte, war falsch, einer wie der andere. Riet er ihm, sich zu weigern, so war das Ende seines Geschäfts abzusehen und damit die Zerstörung seiner Existenz. Riet er ihm, der Partei beizutreten, so kam er in den Verdacht, ein Mitläufer, ein Opportunist zu sein – was er vielleicht sogar war. Einmal, sehr viel später, würde man es seinem Schwager vorhalten, dann vielleicht, wenn seine eigene Zeit kam, und die würde kommen, davon war er überzeugt.

Sein Schwager lief immer noch vor ihm auf und ab, aufgeregt und bedrückt zugleich, er hatte ihn noch nie so durcheinander gesehen, er sprach immer noch, mehr mit den Händen als mit Worten. »Du mußt mir einen Rat geben, du allein kannst das. Was soll ich tun?«

Willi antwortete sehr langsam, nach den richtigen Worten suchend: »Ich weiß auch nicht recht, was ich dir sagen soll. Nimm an, du weigerst dich, dann machen sie dich fertig, das ist klar. Also bleibt nur das andere: die Partei. Später wirst du genug Zeugen haben, die dir bestätigen, daß man dich gezwungen hat. Und dann bin ich ja auch noch da, ich bin bestimmt noch da.«

Sein Schwager hörte plötzlich auf, hin und her zu gehen, er blieb dicht vor Willi stehen, und über sein Gesicht lief ein Schimmer der Erleichterung. Es war, als hätte man ihm eine schwere Last von den Schultern genommen. Willi sah es so: Ein unpolitischer Mann, ein Friseur, der mit der Zeit nicht zurechtkam. So sagte er, jetzt klar, deutlich und bestimmend: »Also geh in die Partei. Das ist das beste für dich. Was soll schon passieren?«
Das war die Rechtfertigung für den Friseur. In wenigen Sekunden liefen alle seine Skrupel davon, als hätte es sie nie gegeben. Beinahe hätte er seinen Schwager umarmt, eine Geste, die hier unangebracht und auch nicht üblich war.
»Gott sei Dank«, flüsterte er, und dann noch einmal, lauter: »Gott sei Dank.«
Ohne zu zögern, lief er hinaus, ohne sich zu verabschieden, und war für Willi so schnell verschwunden, wie er gekommen war.
Monate vergingen, bevor Willi sich zu etwas neuem durchrang. Er heiratete zum zweiten Mal. Die Frau, die er heiratete, war wohlhabend und allein. Ihre beiden Brüder hatten mit ihm die Präparandenanstalt besucht und waren kurz hintereinander, schon im zwei-

ten Jahr des Krieges, gefallen. Die Eltern waren darüber aus Gram und Verzweiflung gestorben.
Sie selbst war eine Schulkameradin von ihm, nicht sehr viel jünger als er. Jetzt wurde sie seine Frau, aus Überlegungen, die auf beiden Seiten von Nützlichkeitserwägungen ausgingen.
Eines Tages packte er seine Sachen zusammen, setzte seinen alten, großen Schlapphut auf und verließ das Haus seiner Eltern. Er konnte, das war seine Ansicht, dort nicht länger herumsitzen, ohne Arbeit, ohne Aufgaben, überflüssig in jeder Hinsicht. Ja, er hatte Verständnis gefunden, Wohlwollen, die ganze Familie hielt zu ihm, aber er wollte ihr nicht länger zur Last fallen.
So begann er ein neues Leben, das im Grunde genommen das alte war. Auch bei seiner Frau, in ihrem Haus, saß er herum, hörte Rundfunknachrichten, jeden Tag, morgens, mittags, abends, versuchte sich über alles zu unterrichten und wartete auf die große Wende, die sich mit Hitlers Erfolgen immer weiter entfernte.
Je mehr sich das System, das Dritte Reich, festigte – einmal sagte ihm jemand, es sei aus

Stahl und würde noch nach hundert Jahren existieren –, um so mehr schien es ihm, als ginge auch die Feindschaft gegen ihn zurück. Man ließ ihn in Ruhe, und die Kontrollen, so kam es ihm vor, waren anscheinend aufgehoben. Doch seine Erinnerungen verließen ihn nicht.

Da war der Tag, an dem er sie zum ersten Mal wahrgenommen hatte, die braunen Uniformen, die SA, nicht mehr als fünf Mann, junge Leute, nicht viel älter als seine vor wenigen Jahren entlassenen Schüler, der jetzige Ortsgruppenleiter voran, unter einer Hakenkreuzfahne. Er mußte über sie lachen, er konnte nichts anders, ihr immer wiederholter Ruf »Deutschland erwache« kam ihm albern vor.

Doch bald darauf wurde er in immer stärker werdende politische Kämpfe verwickelt, seine Versammlungen wurden gestört, ganz gleich, ob sie einem pädagogischen oder einem politischen Ziel dienten, seine Reden unterbrochen, etwas kam auf ihn zu, was er bis dahin nicht gekannt hatte: haßerfüllter Fanatismus.

Seine Gegner von gestern waren Gegner gewesen, nicht Feinde: die Nationalen, die Konservativen, rückständig nach seiner Ansicht, irregeleitet durch den Gang der deutschen Geschichte. Er bekämpfte sie, er setzte sich mit ihnen auseinander, er haßte sie nicht. Jetzt war etwas Neues da, etwas überaus Gefahrvolles, er spürte es, gab es aber vor sich selbst nicht zu. Nur seine Erregung stieg, seine innere Spannung, seine Nervosität, wenn er von ihnen sprach, auch, wenn er sich über sie lustig machte. Selten stieß er direkt mit ihnen zusammen, sie ließen sich nicht oft mit ihm ein, er war ein zu guter Redner, ein Redner ohne Demagogie, er konnte überzeugen, ohne zu überreden.

Es begannen die Jahre der Arbeitslosigkeit, es kam die Zeit der großen Krise, alles wurde hektischer, grauer, hoffnungsloser. Die Nationalsozialisten nahmen zu, es kam überall zu Zusammenstößen, Demonstrationen und Gegendemonstrationen, zu Saalschlachten. Willi wurde nicht unmittelbar davon betroffen, aber mittelbar.

Unter seinen Kollegen gab es bei Lehrerzusammenkünften immer neue Auseinandersetzungen, die einen trennten sich von den anderen, aus Freunden wurden Feinde. Verschiedener Meinung zu sein, das hatte es immer gegeben; nun tolerierten die einen nicht mehr die anderen, es gab keine Nachsicht mehr, kein Verstehenwollen, niemand gab sich noch Mühe, die Anschauung des anderen zu achten.

Ein anderes Klima entstand, eine Atmosphäre der Feindseligkeit, die von Monat zu Monat unerträglicher wurde und auswucherte.

Auch Willi geriet in diesen Sog. Es half ihm nichts, daß er einsah, was sich vor seinen Augen entwickelte. Er versuchte, sich dagegen zu stemmen. Auch er begann heftiger, hektischer, aggressiver zu werden.

Oft saß er nachts allein in seiner Lehrerwohnung, sprang auf, ging hin und her, überprüfte seine Grundanschauung, seine Überzeugungen. Nein, er irrte sich nicht, er konnte sich nicht irren. Die große Unruhe, jetzt hatte sie auch ihn gepackt. Mehr und mehr geriet er in die Isolation. Er glaubte, noch genug Freunde zu haben, die seine Gesinnung teilten und denen er wirklich etwas bedeutete.

Dann geschah, was nach seiner Ansicht gar nicht geschehen konnte, was wider alle Vernunft war, der Tag der sogenannten Machtergreifung überraschte auch ihn; er hielt es nicht für möglich, er glaubte es nicht. Als er es in den Rundfunkmeldungen hörte, lachte er, lachte laut aus sich heraus, es mußte ein Irrtum sein, eine Ente, jemand hatte sich einen Scherz geleistet. Doch es war kein Irrtum, das für ihn Unmögliche war geschehen: Hitler war Reichskanzler geworden.

Willi redete sich ein, was viele in diesen Tagen glaubten: Es konnte nur eine Episode sein, ein kurzes Zwischenspiel, ein Reichskanzler unter anderen, nicht mehr. Hitler war für ihn noch unfähiger als die anderen, ein Demagoge, ein Mann mit absurden und völlig unzeitgemäßen Ansichten, einer, den die Zeit schnell davonspülen würde.

Doch er spürte noch etwas anderes: Es war Angst, eine untergründige Angst vor der Brutalität und der Rücksichtslosigkeit seiner Feinde. Ihr Haß war unberechenbar, sie würden nicht zögern, gegen ihn vorzugehen. Er versuchte, diese Angst in sich selbst zu verstecken, dem jetzt, das wußte er, jetzt brauchte er Mut, mußte er für die anderen ein Vorbild sein, ihnen Mut zusprechen, jedem Zweifel und jeder Verzagtheit entgegentreten. Und so gab er sich in den folgenden Tagen; gegenüber jedermann, mit dem er

sprach: »Nur eine Episode, laßt nicht die Köpfe hängen.«
Wenige Wochen später erreichte ihn in der Gestalt des Landgendarmen die veränderte Wirklichkeit.

Über ein Jahr war vergangen seit dem Besuch seines Schwagers, des Friseurs, der längst der Partei beigetreten war – für Willi ein Parteimitglied wie viele andere, aus Opportunismus, aus geschäftlichen Gründen, aus Angst um die eigene Existenz. Er nahm es nicht sonderlich ernst. Traf er den Friseur, so sprach er ihm gegenüber wie immer, nur, fast unbewußt, etwas zurückhaltender, etwas vorsichtiger. Er fragte ihn nur aus, nach diesem oder jenem, nach dem Ortsgruppenleiter etwa oder nach anderen.
Eines Morgens überraschte ihn ein Schreiben der Schulbehörde. Die Behörde teilte ihm mit, er sei vorübergehend als Aushilfslehrer vorgesehen. Er konnte es sich nicht erklären. Irgendein Konservativer mußte dort sitzen, der sich an ihn erinnerte, oder einer der vielen Mitläufer, der ihm trotzdem wohlgesonnen war, der ihn vielleicht über den Weg des Aushilfslehrers zu rehabilitieren versuchte.

Für ein paar Stunden ging er mit sich zu Rate. Die Versuchung, sich zu weigern und eine barsche Antwort zu geben, war groß, aber er wußte auch, wie gefährlich eine Weigerung für ihn werden konnte. Schließlich überredete ihn seine Frau; sie war dafür und sah neue Möglichkeiten für ihn.

Die Schule, in der er unterrichten sollte, lag in einem Ort etwa zehn Kilometer entfernt; dort, so wurde ihm kurz darauf mitgeteilt, hatte er sich an einem bestimmten Tag zu melden.

Er fuhr mit dem Fahrrad hin, mietete sich ein armseliges Zimmer, stellte sich dem zuständigen Hauptschullehrer vor und ging am nächsten Morgen in die ihm zugewiesene Klasse.

Alles, so schien es ihm, hatte sich verändert, selbst die Kinder: Sie saßen diszipliniert vor ihm, viele in Uniform, dreizehnjährige Jungen und Mädchen, die meisten von ihnen im Jungvolk oder im BDM. Er mußte sie mit ›Heil Hitler‹ begrüßen, und sie sprangen alle auf, streckten die Arme aus und erwiderten den Gruß. Zu dieser Zeit war das Dritte Reich auf dem Höhepunkt seiner Macht. Österreich gehörte jetzt dazu, und statt vom

Dritten Reich sprach man nun vom Großdeutschen Reich.
Nichts hatte Willi bislang in seinen Grundanschauungen irritieren können, er hatte gelogen, ja, lügen müssen, um sich selbst zu retten, aber alles war nur Schein gewesen, unter Drohungen erzwungen, und nichts haßte er mehr, als diesen Zwang zum Lügen. Doch diese Kinder, die da vor ihm saßen, verunsicherten ihn, sie waren Verführte, gewiß, aber sie glaubten an das, was man ihnen erzählt hatte, für sie war Hitler das Idol, der große Führer, für den sie sich hingeben wollten, den sie in ihren Liedern besangen, für den sie marschierten und exerzierten und jeden Zwang auf sich nahmen. Dies, das wußte er, würde ihm schwerer fallen als alles, was man ihm bisher zugemutet hatte. Vor den Erwachsenen hatte er sich verstellen können, immer mit dem Gedanken an das Morgen, an den Sieg seiner Überzeugung, der einmal kommen mußte –, vor den Kindern jedoch kam es ihm wie eine Sünde vor, die nie wieder gutzumachen war.
So begann er seinen Unterricht, vorsichtig, ohne sich etwas zu vergeben; er versuchte, die Kinder ganz auf das Fach zu konzentrie-

ren, das er gerade unterrichtete. Er gab sich Mühe, ihre Sympathie zu gewinnen, ihre Zuneigung, was ihm früher immer gelungen war. Niemals hatte es dazu besonderer Anstrengungen bedurft. Er war ein guter Erzähler, ja, er wußte, daß die Kinder ihm zuhörten und mit ihm lachten, wenn er es wollte. In den ersten Tagen gelang es ihm auch.

Doch bald spürte er, daß etwas gegen ihn vorging, was er nicht kontrollieren konnte. Oft war da ein Tuscheln, ein Flüstern, ein Geraune, als liefen Gerüchte über ihn durch die Klasse. Einige der größeren Jungen wurden aufsässig, stellten provozierende Fragen und standen mit verstockten Gesichtern vor ihm, wenn er antwortete. Offensichtlich hatten sie etwas über seine Vergangenheit erfahren, von ihren Eltern oder anderen, oder es hatte sie jemand aufgehetzt und ihnen gesagt: Fragt mal den das und das.

Dann kam der Tag, der ihm zum Verhängnis wurde. Er hatte gerade den Klassenraum betreten, da sprang einer der Jungen auf und sagte: »Herr Lehrer, ich habe eine Frage. Sie sollen ein Vaterlandsverräter sein. Was halten Sie eigentlich von Hitler?«

Willi verlor für wenige Sekunden jede Kon-

trolle über sich, Zorn stieg in ihm auf, ohnmächtige Wut.
Diese Frage hatte man dem Jungen eingeredet, aber er mußte darauf antworten, unmittelbar, sofort. Doch es gelang ihm nicht, sich zu beherrschen, hier in diesem Raum, vor den Kindern, die zu belügen ihm wie ein Verrat an sich selbst vorkäme, so erwiderte er leise: »Ich bin kein Vaterlandsverräter, aber Hitler ist ein Idiot.«
Es war als hätte er gesagt: Gott ist ein Idiot. Die Kinder sahen ihn alle an, unverwandt, in ihren Augen war mehr Erstaunen als Entsetzen. Der Junge, der die Frage gestellt hatte, stand noch immer, jetzt mit ausdruckslosem Gesicht – diese Antwort hatte er nicht erwartet, und Willi gewann bei seinem Anblick in wenigen Augenblicken seine Beherrschung wieder. Den Jungen hatte man mißbraucht, um ihm eine Falle zu stellen, er wußte es, und jetzt blieb nur noch ein Weg: Er mußte den Satz abschwächen, gleich, bevor es zu spät war. Er ging einen Schritt nach vorn, als ginge er auf den Jungen zu, und sagte: »Setz dich, ich habe es nicht so gemeint, ich wollte nur wissen, wie du darauf reagierst. Es ist also Unsinn, vergiß es.«

Der Junge versuchte zu lachen, was ihm nicht gelang, setzte sich, und gleich darauf begannen die anderen durcheinanderzureden, die Minute des Erschreckens war für sie vorbei, doch jetzt wußten sie etwas, was sie zu Hause erzählen konnten, der Lehrer hatte gesagt: »Hitler ist ein Idiot.«
»Fangen wir wieder an.«
Willi sagte es unsicher und anders als sonst, am liebsten hätte er den Kindern verboten, zu Hause etwas von dem zu erzählen, was in den letzten Minuten vor sich gegangen war, aber er wußte auch, daß ein solches Verbot nutzlos war. Sie würden es doch erzählen. Er ärgerte sich über sich selbst, er hatte sich provozieren lassen, und jetzt mußte er die Folgen tragen. Sie konnten schlimmer sein als alles, was bisher geschehen war. Zuerst dachte er: fliehen, untertauchen, verschwinden. Aber er wußte auch, wie gering seine Möglichkeiten waren, er würde nicht weit kommen, schon gar nicht mit dem Fahrrad oder mit der Bahn. Die anderen waren überall, und eine Flucht würde ihn noch verdächtiger machen, als er es sowieso schon war.
So beschloß er, sich zur Ruhe zu zwingen und sich zu geben, als sei nichts geschehen, nichts

Wesentliches jedenfalls. Er hatte ja nur die Reaktion des Jungen prüfen wollen, nicht mehr, alles andere war ein Mißverständnis – aber er wußte auch, daß man den Kindern mehr glauben würde, sie waren die Zukunft, er aber die Vergangenheit.
Schon am Nachmittag wurde er abgeholt. Drei Männer betraten sein Zimmer, Zivilisten, in Ledermänteln, er kannte sie nicht und wußte doch, wer sie waren. Sie forderten ihn auf, mitzukommen, sie fragten ihn nicht, was geschehen war, es interessierte sie anscheinend nicht, ja, sie nahmen kaum Notiz von ihm. Er durfte noch ein paar Sachen zusammenpacken, während die drei im Zimmer umhergingen, sich seine Bücher ansahen und darin herumblätterten, aber sie machten keine Anstalten, das Zimmer zu durchsuchen. Nach wenigen Minuten war es soweit. Er mußte vorangehen, und sie kamen hinter ihm her, es war alles ganz einfach, sie legten ihm keine Handschellen an, was er erwartet hatte, er war für sie, das spürte er, nur ein kleiner Fisch, den man eben mal mitgefangen hatte. Sie forderten ihn auf, in das Auto zu steigen, das vor der Tür stand. Er nahm hinten Platz, zwei Männer vorn, einer setzte sich neben

ihn und sagte, ohne ihn dabei anzusehen: »Versuchen Sie nicht, wegzulaufen. Das wäre Ihr Ende.«

Er wurde in dasselbe Gefängnis eingeliefert, in dem er schon einmal gesessen hatte, nichts, so schien es ihm, hatte sich verändert, nur die Gefängniszelle, in der er untergebracht wurde, war anscheinend neu, frisch gekalkt, kahl, ein kalter Raum. Notdürftig versuchte er sich einzurichten, aber man hatte ihm fast alles abgenommen, was er sich eingepackt hatte.

Es vergingen Tage, in denen sich außer dem Wärter niemand um ihn kümmerte: fast eine ganze Woche verging. In den schlaflosen Nächten schien es ihm, als sei er hier nur auf Wartestation. Man hatte anscheinend etwas anders mit ihm vor, vielleicht war er für irgendein Konzentrationslager vorgesehen. Er kannte sich halbwegs aus, ein Freund von ihm war aus einem solchen Lager zurückgekommen, kahlgeschoren, mit dem Aussehen eines Sträflings; er hatte nicht viel von ihm erfahren, aber genug, um zu wissen, was ihm bevorstehen würde. Das glaubte er niemals zu überstehen.

An einem Morgen wurde er aus seiner Zelle zum Verhör geholt. Er hatte lange darauf gewartet, jetzt fühlte er sich fast erleichtert, daß es endlich losging, es war besser so, es war besser, zu wissen, was man mit ihm vorhatte.

Mit diesen Überlegungen unterdrückte er seine Angst, ja, er versuchte sie einzusperren, irgendwo in einen Winkel seines Gefühls.

Jetzt war es nicht ein Mann, der ihm gegenüber saß, jetzt waren es drei – drei Männer, mürrisch, streng, verschlossen. Sie nahmen ihn in eine Art Kreuzverhör, und bald wußte er nicht mehr, was er antworten sollte, jedes Wort von ihm konnte falsch sein, jeder Satz zu einer Belastung werden. Er versuchte, sich auszureden, seinen Kopf aus der Kreuzverhörschlinge zu ziehen, er hätte den Satz »Hitler ist ein Idiot« ja nur gebraucht, um den fragenden Jungen zu provozieren, um seine Reaktion zu sehen, ja, seine Gesinnung zu prüfen.

Die drei Männer vor ihm glaubten ihm kein Wort, er sah es ihnen an. Sie schwiegen eine Weile, und endlich sagte einer: »Und das bei Ihrer Vergangenheit, das sollen wir glauben? Sie haben den Satz so gemeint, wie Sie ihn ausgesprochen haben. Jetzt müssen Sie sich auf alles gefaßt machen.«

Kurz darauf wurde er in seine Zelle zurückgebracht. Die drei Männer hatten sich nicht lange mit ihm abgegeben, ein kurzes Verhör, eine Routineangelegenheit, nicht mehr, die Strafe stand längst fest, das wußte er, die Überweisung in ein Konzentrationslager, nichts würde ihm mehr helfen. Er gestand sich ein, welche Fehler er gemacht hatte. Er hätte schweigen müssen, sich besser tarnen. Noch nie hatte es so etwas gegeben wie jetzt, nie ein solches Überwachungssystem, ein Netz mit so engen Maschen, aus dem der einzelne nur schwer entwischen konnte, hatte er sich einmal darin verfangen.
Die Tage vergingen, die Wochen. Niemand kümmerte sich um ihn. Manchmal kam es ihm vor, als hätte man ihn vergessen, einen Mann, der nicht mehr gefährlich werden konnte, ein Nichts, jemand, dessen Leben man ohne viel Mühe vernichten konnte, nebenbei sozusagen. Seine Kräfte ließen nach. Niemand quälte ihn, niemand jagte ihn herum, er wurde keinen Torturen ausgesetzt, aber er konnte mit niemandem sprechen. Tag für Tag, Nacht für Nacht sprach er nur mit sich selbst, er bestätigte sich immer wieder seine eigenen Gedanken, seine eigenen An-

schauungen, seine Überzeugung. Nichts hatte sich daran geändert.
Er verlor das Gefühl für die Zeit. Zuerst zählte er die Tage, die Nächte, dann vergaß er es, einmal, zweimal, schließlich gab er es ganz auf. So wußte er nicht, wieviel Zeit vergangen war, als er wieder aus der Zelle geholt wurde. Diesmal war es ein anderer Raum, in den er geführt wurde, und es war nur ein Mann, der ihm hinter einem Schreibtisch gegenüber saß, eine Akte vor sich, in der er herumblätterte, ohne ihn anzusehen. Endlich, nach einer Weile, begann er zu sprechen, stellte einige Fragen: Name, Geburtsdatum, Geburtsort – alles sehr genau, als sei es von besonderer Wichtigkeit, dabei mußte es ihm längst bekannt sein. Dann hob er den Kopf, sah ihn einen Augenblick lang zynisch lächelnd an und sagte: »Woher haben Sie eigentlich die hohe Fürsprache?«
Willi wußte nichts von einer Fürsprache, schon gar nichts von einer hohen, er konnte sich auch nicht vorstellen, daß sich jemand für ihn eingesetzt hatte. Es gab ja niemanden, aber es war ihm auch zugleich bewußt, daß er dies nicht sagen durfte, im Gegenteil, er mußte sich so geben, als sei eine hohe Für-

sprache für ihn selbstverständlich. Für einen Moment gab er sich Mühe, so auszusehen, als denke er angestrengt nach, als gingen ihm Namen hoher und höchster Führerpersönlichkeiten durch den Kopf. Er zog dabei die Stirn etwas zusammen, strich sich über die Haare und antwortete schließlich: »Genau weiß ich es nicht. Es wird wohl einer meiner Freunde sein.«

Der andere sah ihn verblüfft an: »Freunde? Haben Sie solche Freunde? Das kann ich mir gar nicht vorstellen.«

Jetzt hätte Willi fast geantwortet: Ich auch nicht, doch er schwieg und versuchte, nun seinerseits zynisch zu lächeln. Jetzt, so glaubte er, konnte er es sich leisten. Etwas war geschehen, was auch er nicht begriff, eine Anordnung von oben, ein Befehl vielleicht, etwas, das ihm unter Umständen seine Freiheit wieder gab.

Nun begann der andere wieder zu sprechen. Er erklarte ihm kurz und bündig, wie er sich in Zukunft zu verhalten habe, nicht das geringste dürfe hier noch in seine Akten kommen; jeder kleine Anlaß genüge, um ihn erneut zu verhaften, das wisse er ja wahrscheinlich. Er könne ihm nur raten einer

Parteigliederung beizutreten, irgendeiner, bei der Fürsprache sei das doch eigentlich selbstverständlich.
Bei dem Wort Fürsprache lächelte er fast und verbesserte es in ›hohe Fürsprache‹. Sie imponierte ihm, ja, er sprach die ›hohe Fürsprache‹ betont andächtig aus, so, als hätte sich sein Führer persönlich für Willi eingesetzt. Sein Gesicht, ein Alltagsgesicht, zeigte dabei einen Widerschein der Strenge, aber auch der Güte des Allmächtigen, und Willi dachte zynisch, er müsse jetzt niederknien, um ein Dankgebet zu sprechen, eine Lobpreisung des großen Führers. Doch er blieb ruhig sitzen, er konnte es nicht glauben, alles mußte ein Irrtum sein, eine Verwechslung vielleicht, es mußte nach seiner Ansicht ein anderer sein, den diese hohe Fürsprache betraf. Bald, davon war er jetzt überzeugt, würde sich dieser Irrtum aufklären, an seinem Schicksal würde sich nichts ändern.
Kurz darauf wurde er in seine Zelle zurückgeführt. In den letzten Minuten hatte der Mann vor ihm geschwiegen, ja, sich so benommen als sei Willi gar nicht vorhanden, ein Zivilist, ein kleiner unwichtiger Mann, der noch einmal davonlaufen durfte.

Wieder vergingen Tage, niemand kümmerte sich um ihn, er saß in seiner Zelle und grübelte über die hohe Fürsprache nach. Es fiel ihm nur ein Onkel ein, jetzt ein hoher SA-Führer, der in Berlin lebte, doch mit ihm hatte er jede Bekanntschaft aus politischen Gründen schon vor vielen Jahren abgebrochen. Er konnte es nicht sein, sie haßten sich mit demselben Haß, der jetzt alle und alles bewegte. Niemals würde sich dieser Mann für ihn einsetzen.

An einem Nachmittag wurden ihm seine zivilen Sachen in die Zelle geworfen, sein Anzug, seine Schuhe, seine Socken und sein großer, alter Schlapphut, von dem er sich auch hier nicht getrennt hatte. Nun war es klar, er konnte gehen, ganz gleich ob die Fürsprache ein Irrtum war oder nicht. Er begann sich umzuziehen, und bald sah er wieder so aus wie vorher, nur etwas magerer, klappriger, wie er es nannte, mitgenommen von den vielen Nächten, deren Anzahl ihm verlorengegangen war.

Als er von seinem schweigsamen Wärter hinausgeführt wurde, kam es ihm vor, als hätte dies alles nichts mit der Wirklichkeit zu tun, diese plötzliche Entlassung, die vergangenen

Tage und Nächte. Nein, er ging nur von einem Gefängnis in ein anderes, aus dieser Zelle, aus diesem Gebäude in das Haus seiner Frau, das von nun ab ebenfalls ein Gefängnis für ihn sein würde, angenehmer, sehr viel angenehmer, aber auch ein Gefängnis wie die ganze Zeit. Von nun ab würde er sich nicht mehr rühren können. Er war ein Entlassener auf Zeit, zur Disposition gestellt für das Konzentrationslager oder für eine noch schlimmere Strafe.

Als er draußen war, vor dem Gebäude, barhäuptig, seinen großen alten Schlapphut in der Hand, empfand er nichts, nicht das Gefühl der Freiheit, nicht das Gefühl, noch einmal davon gekommen zu sein. Es kam ihm vor, als sei alles in ihm abgestorben, jede Regung des Glücks oder des Schmerzes.

Als er zu Hause war, fragte er seine Frau: »Kannst du das verstehen? Warum haben die mich laufenlassen? Das muß doch irgendeinen Grund haben, ich begreife es nicht.«

»Ich auch nicht«, sagte seine Frau, aber er hatte das Gefühl, als wüßte sie etwas, was ihm nicht bekannt war.

Was jetzt für ihn begann, war die absolute Selbstisolierung. Fast jeden Tag mahnte ihn seine Frau, vorsichtig zu sein: »Halte deinen Mund, wenn die anderen reden, es ist besser für dich und für uns alle«. Er versuchte es. Allen nicht zuverlässigen Bekannten ging er aus dem Weg, und geriet er doch einmal in politische Gespräche, so schwieg er, lächelte nur, ironisch oder besserwisserisch: Er hatte seine Lektion gelernt; doch nach wie vor empfand er sie als Demütigung.

Das Dritte Reich befand sich in einem Siegestaumel sondergleichen. Willi erlebte alles aus der Ferne mit, meistens am Radio: die Sudetenkrise, die Tage von München, das Nachgeben der großen Demokratien – für ihn unbegreifbar, sie waren seine Hoffnung gewesen –, den Einmarsch in die Tschechoslowakei und schließlich die beginnenden Kriegsgerüchte.

Und seltsamerweise, er, der Kriegsgegner, hoffte nun auf den Krieg, nur in seinem Ausbruch sah er noch die Rettung: Der Krieg mußte nach seiner Ansicht ein schnelles Ende bringen. Er geriet mit seiner Hoffnung in Widerspruch zu seinen eigenen Gefühlen, seinen eigenen Anschauungen; er war Pazifist, er

war es noch immer, und wartete doch auf den Krieg wie auf eine Erlösung.
Oft kam er sich wie ein Ausgestoßener vor, viele seiner früheren Bekannten grüßten ihn nicht mehr; ließen sie sich mit ihm in ein Gespräch ein, behandelten sie ihn von oben herab, wie einen, der sich verirrt hat, der sich nicht mehr auskennt in dieser neuen großen Zeit. Von seinen ehemaligen Kollegen hörte er nun fast gar nichts mehr, die meisten hatten sich angepaßt, und die wenigen, die übriggeblieben waren und vielleicht noch seine Anschauung teilten, gingen aus Angst jeder Verbindung mit ihm aus dem Weg.
So vergingen Monate, fast zwei Jahre. Nur in seiner Familie konnte er noch offen sprechen, auch gegenüber seiner Schwester, der Frau des Friseurs, aber selbst gegenüber seinem Schwager vermied er jedes allzu offene Wort. Eine Andeutung des Friseurs in seinem Laden genügte vielleicht, um zu neuen Denunziationen und zu einer neuen Verhaftung zu führen.
Der Sommer, der den Krieg bringen sollte, war trocken und heiß. Jeder Tag brachte neue Sensationen, neue Gerüchte. Sie erfaßten auch ihn, seine Nervosität stieg mit den

Gerüchten. Tag und Nacht saß er vor dem Rundfunkgerät, hörte ausländische Sender, wenn es möglich war, sprach mit sich selbst, versetzte seine Frau in Unruhe. Jetzt mußte das Ende kommen, dessen war er sich sicher.

An einem frühen Morgen der späten Augusttage erreichte ihn ein Einberufungsbefehl. Er, der alte Frontkämpfer, wurde zur Wehrmacht einberufen. Er konnte es nicht fassen. Hoffnungslos durcheinander warf er das Telegramm auf seinen Schreibtisch: Er hatte sich zu stellen, noch am selben Tag, in derselben Stadt und in derselben Kaserne, in der er einmal vor fast dreiundzwanzig Jahren als Kriegsfreiwilliger eingezogen war, um Musketier zu werden. So würde er noch einmal dorthin gehen, diesmal nicht als Kriegsfreiwilliger, erfüllt von vaterländischer Begeisterung, sondern als Gezogener, als Kriegsgegner, als einer, der nur noch Abscheu, Verachtung und Haß empfand. Diesmal würde er alles versuchen, um davon loszukommen, sein verkürzter Fuß würde ihm dabei helfen, ja, er war entschlossen, ihn diesmal voll einzusetzen und ihn nicht zu verstecken wie seinerzeit 1915.

Schon nach kurzer Zeit fand er eine Möglichkeit, auf sich aufmerksam zu machen. Er wurde einem Stabsarzt vorgeführt; der schüttelte nach einer nur oberflächlichen Untersuchung den Kopf: »Nein, wie sind Sie nur damals an die Front gekommen, das ist mir unbegreiflich. Das ist ja fast ein Klumpfuß, was Sie da haben. Und damit waren Sie bei der Infanterie?«
»Ja«, antwortete Willi, »das war ich.«
»Und wie haben Sie das gemacht? Ich kann mir nicht vorstellen, daß die kaiserliche Armee Ihnen orthopädische Stiefel hat anfertigen lassen.«
»Nein«, sagte Willi, »ich bin auf Socken gelaufen und manchmal auch barfuß.«
»Und da hat Sie niemand nach Hause geschickt?«
»Doch, nach zwei Jahren. Dann kam ich in diese Kaserne zurück.«
Der Stabsarzt schüttelte den Kopf: »Aber so etwas ist diesmal nicht notwendig. Sie können nach Hause gehen, Sie sind kriegsuntauglich, absolut kriegsuntauglich.«
Am darauffolgenden Tag verließ er zum dritten Mal die ehemalige Musketierkaserne; diesmal als Kriegsuntauglicher.

Der Krieg begann. Was Willi sich erträumt hatte – das schnelle Ende, die Niederlage Hitlers, der Zusammenbruch des Systems –, ging nicht in Erfüllung. Statt dessen kam der Sieg über Polen und nach einem Winter des Wartens die Besetzung Dänemarks und Norwegens und zwei Monate später der Sieg über Frankreich, der Einmarsch in Paris. Wieder war der Ort an diesem Tag mit Fahnen geschmückt. Fahne neben Fahne, aus einigen Fenstern hingen gleich zwei. Nun gab es kaum noch Zweifelnde.

Zum ersten Mal wurde auch Willi wirklich unsicher, nur für ein paar Stunden, qualvolle, unerträgliche Stunden. Zweifel an seiner eigenen Überzeugung meldeten sich an. Verwirrt lief er umher, sprach mit niemandem, auch nicht mit seiner Frau, nein, er verschloß sich ganz, nur seine übergroße Nervosität machte sich nach außen bemerkbar. Der Gedanke, vielleicht für immer der Verlierer zu sein, sein ganzes Leben lang, schien ihm unerträglich. Sie kapitulierten ja alle, einer nach dem anderen, und jetzt auch die gegnerischen Mächte, Polen, Frankreich und morgen vielleicht auch England.

Auch dieser Tag der Anfechtung verging. Sein

Leben reduzierte sich nun ganz auf das, was er durch den Rundfunk hörte, niemals versäumte er eine Nachrichtensendung, immer wartete er auf Rückschläge, die nach seiner Ansicht kommen mußten.
Hin und wieder ging er nach Feierabend in den Friseurladen seines Schwagers. Von ihm hörte er, wovon seine Kunden sprachen, hörte von dem immer stolzer werdenden Ortsgruppenleiter, der nach Ansicht seines Schwagers – bei ihm gingen ja die hohen Parteileute ein und aus –, auf eine große Karriere hoffen konnte, hörte von anderen, von ihrer Siegeszuversicht, und ließ sich alles erzählen, ohne selbst etwas dazu zu sagen. Er fragte höchstens nach der allgemeinen Stimmung. Sie sei, antwortete dann der Friseur, ausgezeichnet, alle seien für Hitler. Dabei lachte er oft versteckt, ein blondes Lächeln, wie Willi es nannte: »Er lächelt mir zu blond.« Aber nie gelang es ihm, festzustellen, ob es ernst oder ironisch gemeint war. Nie wußte er genau, was sein Schwager dachte; gewiß, er war nicht dafür, nicht unbedingt, aber er war auch nicht dagegen, der Sog der Erfolge hatte auch ihn nicht unberührt gelassen.
Der Krieg gegen Rußland überraschte Willi

nicht. Zahlreiche Gerüchte liefen dem Beginn dieses Feldzuges voraus. Nacht für Nacht saß er im Schlafanzug oder im Nachthemd vor seinem Radioapparat und lauschte auf jedes Wort, jeden Satz, der von irgendwoher zu ihm kam.

Nun schien ihm das Ende Hitlers völlig sicher zu sein, nichts konnte den Untergang mehr aufhalten, es war nur eine Frage der Zeit, eine Frage von Monaten, nicht einmal von Jahren.

Noch einmal wurde er enttäuscht, noch einmal jubelte der Ort über neue, große Erfolge, über siegreiche Schlachten, doch der Jubel wurde gedämpft durch immer neue Verlustmeldungen; auch die Gefallenen wurden zahlreicher, und neben den sieggewohnten, überzeugten, oft fanatischen Gesichtern wurden immer mehr die Gesichter der Trauernden, der Verzweifelten, der Niedergeschlagenen sichtbar. Dann kamen die ersten Rückschläge. Der Winterfeldzug, wie man ihn offiziell nannte, war vor Moskau zum Stehen gekommen und hatte sich in einen Rückzug verwandelt. Willi nahm diese Rückschläge auf wie persönliche Geschenke, sie waren für ihn der Anfang vom Ende. Er hätte

jedermann darauf ansprechen können, jeden, den er auf der Straße traf, aber er tat es nicht. Jede Äußerung dieser Art wäre für ihn gefährlich gewesen.
Nur einmal, abends in dem Friseurladen, sagte er zu seinem Schwager: »Jetzt geht es rückwärts.« Er sagte es leicht lachend, fast ironisch, worauf sein Schwager sich verbeugte, wie es seine Art war, ohne darauf zu antworten.
Es kam noch einmal ein Sommer, noch einmal hörte er die Siegesfanfaren, doch sie klangen jetzt anders für ihn. Für sich glaubte er bereits die Klagen des Verlierers herauszuhören: Die Vormärsche bedeuteten für ihn nichts anderes mehr als ein immer schneller werdender Lauf in den Abgrund.
Mit dem beginnenden Winter verdichteten sich die Gerüchte: Die deutsche Armee hatte sich bei Stalingrad festgelaufen. Willi nahm es wie selbstverständlich auf, als hätte er es erwartet. Nein, er hatte sich nicht geirrt. Niemals, so glaubte er, war er auch nur für einen Augenblick in seiner Haltung unsicher geworden. Nun ging er wieder aufrechter durch die Straßen, selbstbewußter.
Er versuchte, jede Nachricht zu analysieren,

notierte die Rückmärsche, die verlorenen Schlachten. Mit jedem Monat rückte für ihn das Ende näher heran, die endgültige Überwindung seiner Feinde. Die geglückte Invasion, der mißglückte Aufstand des zwanzigsten Juli: Alles waren für ihn Etappen zu seinem eigenen Sieg.

Es kamen die Bombennächte. Die Kreisstadt, in der sein ehemaliges Gefängnis stand, ging in Flammen auf, die Siegeszuversicht in seinem Ort verschwand fast ganz, Niedergeschlagenheit, Angst und Resignation breiteten sich aus.

Die Rote Armee marschierte in Ostpreußen ein. Er sah die ersten Flüchtlingstrecks, die durch den Ort nach Westen zogen, eine Stadt nach der anderen ging verloren, eine Festung nach der anderen kapitulierte. Oft fand er in den Nächten nun keinen Schlaf mehr, seine Nervosität stieg mit jedem Tag, der verging, und je mehr sich der Krieg ihm näherte, der Krieg, den er gehaßt und sein Leben lang bekämpft und den er sich doch herbeigesehnt hatte, um so mehr empfand er nun Furcht und Freude, Genugtuung und Angst.

Dann kam der Tag, auf den er so lange gewartet hatte. Über Nacht lag der Ort im

Niemandsland, die deutschen Truppen hatten sich abgesetzt, und die Rote Armee stand wenige Kilometer vor seinem Ort, wo sie aus ihm unbegreiflichen Gründen stehenblieb, wochenlang.
Nun kam seine Stunde, plötzlich war er der Mittelpunkt. Die Partei löste sich auf, sie verschwand, als hätte es sie nie gegeben, den Ortsgruppenleiter gab es nicht mehr, nun kamen sie zu ihm, die ehemaligen Uniformträger, die kleinen Parteigenossen, die Mitläufer: »Willi, jetzt mußt du dafür sorgen, daß uns nichts passiert. Du warst doch immer dagegen, dir werden sie vielleicht glauben.« Einige versuchten, ihn zu überreden, den Russen entgegenzufahren und ihnen die Kapitulation des Ortes anzubieten – als ob es noch etwas zu kapitulieren gegeben hätte.
Drei Tage lang zögerte er, dann entschloß er sich, das zu tun, was man von ihm erwartete. Mit einem alten, von der Wehrmacht zurückgelassenen Geländewagen fuhr er den Russen entgegen, fünf Kilometer weit, die weiße Fahne – ein altes Bettlaken – über sich, ein Parlamentär, der nichts hinter sich hatte, keine kapitulationsfähige Armee, nichts.
Die Russen lachten über ihn, nahmen ihm

seinen Geländewagen weg, warfen das Bettlaken in den Straßendreck und sperrten ihn kurzerhand ein. Sie hörten sich nicht an, was er zu sagen hatte, nur einmal vernahm er das Wort »du Nazi«, dann saß er in einem engen kleinen Zimmer, das die Russen verriegelt hatten. Er war, das wurde ihm erschreckend bewußt, auch für sie ein Feind, ein Deutscher, ein Nazi, nicht mehr und nichts anderes. In diesen Tagen brach einiges für ihn zusammen, sein Glaube an das Unterscheidungsvermögen der Sieger, seine Hoffnung auf eine neue, vielleicht bessere Zeit. Doch bis jetzt waren es nur Zweifel, Zweifel auch an sich selbst. Nichts von dem, was ihn als offizielle Propaganda erreicht hatte, war ihm glaubwürdig erschienen; die Plünderungen, die Vergewaltigung der Frauen, das harte, oft grausame Vorgehen der Sieger.
Sein Verbleiben in russischem Gewahrsam dauerte nur kurze Zeit. Drei Tage später wurde er zwei russischen Offizieren vorgeführt. Einer von ihnen, ein etwas zu korpulenter Mann, sprach gebrochen Deutsch und schien Willi leicht angetrunken zu sein. Sie nahmen ihn nicht ernst, er spürte es, und nachdem sie ihn eine Weile hatten an der

Tür stehenlassen, sagte der etwas zu korpulente Offizier, wobei er sich Mühe gab, nicht zu lachen: »Du Spion.«
Willi zuckte zusammen; ein Spion, jetzt hielt man ihn für einen Spion, und er begann zu reden, erzählte von seiner Vergangenheit, von den vielen Jahren seiner Gegnerschaft zum Nationalsozialismus, von seinen Verhaftungen, von allem, was ihn bedrückt hatte, bis der Offizier abwinkte und sagte: »Du genug geredet.«
Bevor Willi noch etwas antworten konnte, schob ihn der Soldat, der ihn begleitet hatte, durch die Tür hinaus.
Schon am nächsten Tag durfte er nach Hause gehen. Nichts gab man ihm zurück, weder seinen Geländewagen noch seine weiße Fahne noch sonst etwas von dem, was er bei sich gehabt hatte. Zwei russische Soldaten führten ihn an die Grenze des Niemandslandes und scheuchten ihn dann davon mit einer unmißverständlichen Bewegung: »Dawai, Dawai.«
So ging er zurück, zu Fuß, fünf Kilometer weit, durch Ortschaften, die ihm verödet vorkamen, verlassen von jedermann; die heranahende russische Front hatte die Einwoh-

ner vertrieben; in die Häuser, in die Keller, in die Wälder. Es gab keine Fahnen mehr, keine Embleme, nichts mehr wies auf die vergangenen Machthaber hin. Er ging langsam, müde, enttäuscht, er hinkte fast, nun erst wurde ihm bewußt, was auf ihn zukam; es war mehr und anders, als er erwartet hatte.
Er fand den Ort vor, wie er ihn verlassen hatte, geduckt fast – so kam es ihm vor – unter der herannahenden Gefahr. Doch kaum zu Hause angekommen, fanden sich auch schon die ersten Hilfesuchenden ein, fast ausschließlich Frauen, die um seinen Schutz baten. Er versuchte sich zurückzuhalten, er versprach nichts, sagte nur hin und wieder: »Versteckt euch besser« oder auch: »Es wird schon nicht so schlimm werden«. Einige Frauen, die mit ihm verwandt waren, zogen in sein Haus, sie hofften, bei ihm sicher zu sein. Er erlaubte es, obwohl er an seinen Schutz für andere nicht mehr glaubte.

Wenige Tage später rückte die russische Armee vor, es kamen Vorauspatrouillen, Gruppen von Infanteristen, die durch die Straßen liefen und in die Häuser eindrangen. Für Willi, der vor seinem Haus stand, sah es aus, als

erwarteten sie ein Gefecht mit zurückgebliebenen Wehrmachtsangehörigen.
Einer der Soldaten lief an ihm vorbei, in sein Haus hinein, die Treppe hinauf; gleich darauf hörte er das Schreien einer Frau, es war seine Schwägerin, die sich unter seinen Schutz gestellt hatte. Er drehte sich um, er wollte dem Soldaten nachlaufen, doch im gleichen Augenblick hielten ihn zwei andere fest, sie bedrohten ihn mit ihren Maschinenpistolen. Ohnmächtig sah er in ihre Gesichter: Es waren junge, ihm fremde Gesichter, sie verrieten keinen Haß, keine Feindseligkeit, sie wirkten eher, als sei dies alles nur Spaß und Spiel, und sie waren doch gleichzeitig voller Angst, gezeichnet von den Strapazen des Krieges. Er wehrte sich nicht, es gab keine Gegenwehr, er war den Siegern ausgeliefert wie alle anderen, er gehörte zu den Verlierern, ob er es sich eingestand oder nicht.
Auch dieser Tag ging vorüber. Gegen Abend rückten weitere Truppen in den Ort ein. Die Straßen waren voll von Panjewagen, von leichter Artillerie, von biwakierender Infanterie, auf den wenigen Plätzen brannten Lagerfeuer, fast jedes Haus wurde durchsucht, nichts blieb verschont. Der Alkohol, den die

Soldaten in irgendwelchen Verstecken gefunden hatten, ließ die Nacht zum lärmenden Siegesfest werden.

Willi blieb die ganze Nacht über auf, er wagte nicht, ins Bett zu gehen, er hatte sich alles ganz anders vorgestellt: friedlicher Einmarsch der Russen ins Niemandsland, Jubel bei den Besiegten, Begrüßung der Sieger, Blumen, Kränze, die Befreiung vom Joch der Diktatur. Nun war es das Gegenteil: quälende Angst, Ratlosigkeit und Schrecken.

So saß er in seinem Sessel, umgeben von den wenigen Frauen, die sich nicht verkrochen hatten, einer, der alle schützen sollte und wollte und es nicht konnte. Doch noch immer fand er tröstende Worte, noch immer glaubte er an eine Wende zum Besseren, auch seine Zweifel hatten ihn bis jetzt nicht völlig irritiert.

Seltsamerweise blieb sein Haus in dieser Nacht und auch in den folgenden Nächten verschont. Inmitten der Unruhe, des Lärms, des betrunkenen Gebrülls glich es einem Ort des Friedens. Erst einige Tage später wurde ihm klar, was der Anlaß dafür gewesen sein konnte.

Die russischen Offiziere kamen an einem Vor-

mittag, begleitet von zwei bewaffneten Soldaten. Sie betraten sein Haus so selbstverständlich, als gehöre es ihnen. Unter ihnen befand sich der etwas korpulente Offizier, der ihn vor fast zwei Wochen bei seiner mißglückten Übergabe verhört hatte; offensichtlich hatte er mehr zu sagen, als die anderen. Willi kannte sich mit den Rangabzeichen der russischen Armee nicht aus. Der Offizier sprach wieder in gebrochenem Deutsch, holprig und stockend, er sagte ›du‹ zu Willi. Er begann: »Du«, machte dann eine Pause, während die anderen um ihn herumstanden, schweigend, mit Gesichtern, die Willi wenig vertrauenerweckend vorkamen, und dann folgte ein Satz, der Willi verblüffte: »Du Bürgermeister.«
Es war ein Befehl, Willi spürte es, es gab keine Widerrede. Er sah den Offizier an, hilflos, verloren, nein, er wollte nicht Bürgermeister werden, nicht unter diesen Umständen, nicht einfach dazu ernannt. Er hätte gern nein gesagt, aber er wußte auch, was dieses Nein für ihn bedeuten konnte, so schwieg er, als wüßte er keine Antwort.
Es entstand ein Augenblick des Schweigens, alle sahen ihn an, auch die beiden Soldaten,

die ihre Maschinenpistolen vor sich hatten, als müßten sie plötzlich die anderen verteidigen. Willi kam sich vor wie einer, der in eine Falle gegangen war, und nun keinen Ausweg mehr hatte. Der Offizier wiederholte es noch einmal, wobei er ihm mit dem Zeigefinger seiner rechten Hand auf die Brust tippte: »Du Bürgermeister.«
Willi nickte, er hatte keine andere Wahl, als zu nicken.
Alle Überlegungen, die durch seinen Kopf gingen, waren flüchtig, vielleicht konnte er helfen, diesem oder jenem, vielleicht konnte er manches verhindern als Bürgermeister. Es war besser, sich mit diesen Offizieren gut zu stellen, besser, als ihnen zu widersprechen. Sie besaßen die unbeschränkte Macht und konnten mit ihm machen, was sie wollten. So nickte er noch einmal, jetzt kräftiger, und zugleich schlug ihm der Offizier, der vor ihm stand, auf die Schulter und sagte: »Du guter Bürgermeister.«
Jetzt gaben sich alle gelockerter, die beiden anderen Offiziere lachten, und die Soldaten ließen ihre Maschinenpistolen sinken, als sei die Gefahr nun vorüber. Auch Willi lächelte ein wenig, er sagte mehr zu sich selbst, als zu

den Offizieren: »Na gut, dann bin ich eben Bürgermeister.«
Und der korpulente Offizier erwiderte, indem er ihm auch die andere Hand noch auf die Schulter legte: »Sehr gut, du sehr guter Bürgermeister.«
Willi nahm es auf wie eine Verurteilung. Er wußte, was ihm bevorstand: Sie würden alle bei ihm Hilfe suchen, jene, die noch in ihren Verstecken saßen, in den Wäldern oder sonstwo, alle, die belastet waren, und gleichzeitig würde er abhängig sein von den Befehlen und Anordnungen dieser Sieger, die da vor ihm standen. Er war jetzt der Verantwortliche, ohne es wirklich zu sein.
Die Offiziere verließen ihn mit ihren zwei Soldaten geräuschvoll, lärmend und lachend. Sie schienen offensichtlich froh, einen Bürgermeister gefunden zu haben. Willi empfand es so, es war wohl ein Befehl von oben, deutsche Bürgermeister einzusetzen, abhängige und befehlsgebundene Bürgermeister, die die zivile Verwaltung übernahmen.
Alles blieb, wie es in den vergangenen Nächten gewesen war, alles ging weiter, die trunkenen Siegesfeiern, die Plünderungen, niemand war vor den Siegern sicher.

Willi aber zog in das Gemeindeamt ein, ein roter Backsteinbau in der Mitte des Orts. Dort saß er an einem Schreibtisch aus der wilhelminischen Zeit und versuchte, Ordnung in das Chaos zu bringen. Es gelang ihm schlecht, immer wieder machten die Sieger das zunichte, was er gerade geregelt hatte.

Er bekam den Befehl, alle ehemaligen Nationalsozialisten zur Arbeit einzuteilen, sie zu bestrafen, wenn es notwendig war. Jetzt waren sie, die ihn so lange verachtet hatten, zweitklassige Menschen, Verbrecher, mit Schuld beladen. Er gab sich Mühe, ein milder Richter zu sein. Den alten Lehrer des Orts, einen ehemaligen fanatischen Parteigenossen, verurteilte er dazu, alle seine Parteigenossen, die sich das Leben genommen hatten und deren Leichen in ihren Häusern lagen, unter die Erde zu bringen; die Besitzerin eines Restaurants, die von den Russen erschossen werden sollte, rettete er durch lange Überredungskünste; auch seinen Schwager, den Friseur, bewahrte er vor der Deportation: Er half, wo er konnte, und bestrafte, wo es nicht anders ging.

Vielen Mitläufern, aber auch einigen alten Parteigenossen, stellte er Bescheinigungen

aus, die sie entlasten konnten. Flüchtlingen versuchte er zu helfen. Sie kamen von überallher, meistens nachts, sie klopften an seine Fenster, holten ihn aus seinem Bett und baten um seinen Schutz und seine Hilfe. Selten fragte er, was sie in dem vergangenen System gewesen waren, und nur in einzelnen Fällen verweigerte er seine Hilfe.
In wenigen Wochen war sein Name überall bekannt, weit über den Ort hinaus, in dem er lebte und dessen Bürgermeister er war. Er aber hatte mit beiden fertig zu werden, mit den Siegern und den Besiegten, und gehörte doch gleichzeitig zu beiden, und je länger es dauerte, um so mehr fühlte er sich selbst als Verlierer. Zeitweise kam er sich wie ein Balancekünstler vor, einer, der zwischen den Fronten stand, ja, er verlor den Kontakt zu dem, was er die Wahrheit nannte, er tröstete die einen und belog die anderen, und von der Rache, die er einmal hatte nehmen wollen, war nicht viel geblieben.

Eines Nachts klopfte es wieder an sein Fenster; er war noch nicht schlafen gegangen, es war kurz vor Mitternacht. Als er die Vorhänge und die Gardinen zurückzog, sah er draußen zuerst in der halbhellen Mondnacht den leichtbewölkten, winddurchwehten Himmel, erst dann nahm er das Gesicht hinter den Scheiben wahr, ein Gesicht, das er nicht sofort erkannte, ein abgezehrtes, verängstigtes Gesicht. Er sah die Hand, die an die Scheibe geklopft hatte, und gleich darauf dieselbe Hand mit der unmißverständlichen Geste einer Bitte.

In diesem Augenblick erkannte Willi, wer da draußen stand, wen er vor sich hatte: Es war der Ortsgruppenleiter, den er längst geflohen und verschwunden glaubte. Eine Welle des Widerwillens erfaßte ihn, Haß und Abneigung, ja, er hätte die Gardinen und die Vorhänge gern gleich wieder zugezogen, um dieses Gesicht nicht mehr sehen zu müssen. Ihm konnte er nicht helfen, würde er nicht helfen, dieser Mann mußte mit seinem Schicksal allein fertig werden. Aber da war auch etwas anderes, was ihn zur gleichen Zeit beunruhigte. Niemals hatte er erfahren, wer ihm damals geholfen hatte, war es dieser Mann oder ein anderer, der die hohe Fürsprache in jenen Tagen seiner zweiten Verhaftung veranlaßt hatte, nein, er konnte ihn so nicht gehen lassen, er mußte ihn anhören.

So ging er hinaus aus dem Zimmer, über den Flur, öffnete die Haustür und tat ein paar Schritte in den Vorgarten hinaus. Etwas wollte ihn gleichzeitig zurückziehen, alle Gefühle in ihm rebellierten gegen seine Überlegungen, gegen seine Neugier: geh nicht, geh nicht. Doch der Mann kam auf ihn zu, einem Schatten gleich, kleiner, als er ihn in Erinnerung hatte. Drei Schritte vor ihm blieb er stehen, es war, als fürchte er sich, näher zu kommen. Sie schwiegen beide, bis das Wort »Willi« aus dem Mund des ehemaligen Ortsgruppenleiters kam, und Willi antwortete: »Ja, was willst du?«

»Darf ich reinkommen?«

Willi zögerte einen Augenblick, dann erwiderte er: »Ja«, drehte sich um und ging vor dem ehemaligen Ortsgruppenleiter her ins Haus.

Erst als sie in dem erleuchteten Zimmer waren, sah Willi, daß er einen gebrochenen Mann vor sich hatte, der wochenlang in den Wäldern oder sonstwo herumgeirrt sein mußte, Angst stand in seinen Augen, seine Zivilkleidung war abgetragen und dreckig, er hatte sich getarnt, Willi sah es, nichts war mehr von dem ehemals mächtigen stolzen Uniformträger übriggeblieben. Aber es ging noch immer etwas von ihm aus, was Willi als unsympathisch empfand, was ihm Widerwillen einflößte. Er hätte ihn lieber hinausgeworfen, als ihn anzuhören. Doch er tat, wozu er sich zwang. Mit einer Handbewegung bot er einen Stuhl an, sagte: »Setz dich« und nahm selbst hinter seinem Schreibtisch Platz. Nein, er wollte ihn nicht verhören, seine Abneigung gegen Verhöre war zu groß, er hatte selbst genug davon erlebt, er wollte sich nur erzählen lassen, was der andere zu sagen hatte, und er fragte: »Also, was willst du?«

Es war eine überflüssige Frage. Er wußte ja, was der Mann von ihm wollte, er sah es ihm an. Die Russen würden ihn nicht schonen, Deportation war das wenigste, was er erwarten konnte, wahrscheinlich würde es schlimmer werden. Er, der neuernannte Bürgermeister, mußte ihn festsetzen, er durfte ihn nicht gehen lassen und ihm schon gar nicht zur Flucht verhelfen.

Der ehemalige Ortsgruppenleiter schwieg, er hielt die Hände zwischen den Knien, den Kopf leicht gesenkt, er schwieg, als wüßte er keine Antwort auf Willis Frage. So hatte er selbst einmal vor den Gestapobeamten geses-

sen: ein Nichts, ein Mann, der um sein Leben bangte, und mit dem die anderen machen konnten, was sie wollten. Er wiederholte seine Frage: »Sag, was willst du?«
Endlich hob der andere den Kopf und sah ihn an. Seine grau-blauen, früher so strengen und oft stechenden Augen wirkten jetzt matt, seine Stimme schien in den Monaten der Niederlage leiser geworden zu sein, brüchig, heiser. Willi kam es so vor, und endlich hörte er, was er hören wollte: »Du mußt mir helfen.«
Es klang wie eine flehentliche Bitte, und sie berührte Willi stärker, als er erwartet hatte. Es war ein Mensch, der dort vor ihm saß, kein sympathischer Mensch, keiner, für den er irgendein Gefühl hatte, für den er mehr empfand, als für einen der russischen Offiziere, mit denen er jetzt zu tun hatte. Alles fiel ihm ein, was einmal gewesen war: die Verachtung, die Feindschaft, die ihm dieser Mann entgegengebracht hatte, das Pflanzen der Hitler-Eiche – nein, nichts war vergessen, konnte ganz vergessen werden.
Er stand auf und begann, im Zimmer hin und her zu gehen, von seinem Schreibtisch bis zu der Tür, die auf eine kleine Terrasse führte,

die Hände auf dem Rücken. Jetzt konnte er sich rächen, jetzt konnte er auch ihn demütigen. Jetzt triumphierte er. Jede Minute, die er zögerte, jede Minute, die verging, war sein Triumph. So ließ er sich Zeit, ging hin und her, nachdenklich, als fiele es ihm schwer, eine Entscheidung zu treffen.

Schließlich blieb er stehen, die Hände immer noch auf dem Rücken, leicht nach vorn gebeugt: »Sag mal, weißt du etwas davon, wer mir damals geholfen hat, als ich zum zweiten Mal verhaftet worden war, als die Gefahr für mich bestand, ins Konzentrationslager zu kommen? Hast du eine Ahnung davon?«

»Ja«, antwortete der andere und sah dabei zum ersten Mal Willi voll an: »Es war der Gauleiter.«

»Wieso der Gauleiter? Er hat doch gar nichts von mir gewußt, nicht das geringste. Was sollte ihn denn dazu veranlaßt haben?«

»Ich habe ihn darum gebeten«, sagte der Ortsgruppenleiter. Er sagte es leise, nun wieder mit abgewandtem Gesicht.

Es folgten Minuten der Stille. Willi empfand sie wie eine Bedrückung, wie eine Last, die er gern von sich abgeschüttelt hätte. Nein, er glaubte ihm nicht, glaubte ihm kein Wort, es war eine Lüge, mit der der andere sich seine Hilfe erkaufen wollte, und er sagte, fast nebenbei: »Ich glaube dir nicht. Wie sollte ich das auch glauben?«

Nein, er durfte und wollte ihm nicht helfen, zuviel war geschehen, was nach Sühne verlangte, und er wußte doch zugleich, daß er helfen würde, es blieb ihm nichts weiter übrig.

Er lauschte in die Nacht, und es kam ihm so vor, als wäre der Lärm der Sieger wieder da: das Aufbrechen der Türen, das Eindringen in die Häuser, die Vergewaltigung der Frauen, alles, was er nie gewollt hatte. Und auch dies hatte er nicht gewollt: das Laufenlassen des Ortsgruppenleiters, die Ermöglichung seiner Flucht.

Noch immer ging er hin und her, sah zwischendurch auf den ehemaligen Ortsgruppenleiter, der nun wieder mit gesenktem Kopf dasaß, wie ein Schuldiger, wie einer, der sich nun nicht mehr wehren konnte, er fragte sich, ob dieser Mann so etwas wie Schuld empfand, Mitschuld an dem, was jetzt dem Ort geschah. Er hätte ihn fragen mögen, aber er tat es nicht. Er sagte nur, und dabei blieb er stehen, und diesmal nannte er ihn Fritz,

wie in den Jugendtagen: »Sag mal, Fritz, siehst du ein, daß alles falsch war, was du getrieben hast, grundfalsch?«
Er wußte, daß er keine Antwort bekommen würde, keine klare Antwort, er erwartete sie auch nicht, ja, zum ersten Mal empfand er, wie schwer es sein mußte, zuzugeben, daß man sich ein halbes Leben lang geirrt hatte. Etwas wie Mitleid wollte in ihm aufsteigen, er versuchte sich dagegen zu wehren, unterdrückte es und sagte: »Du brauchst mir nicht zu antworten. Ich verlange es nicht.«
Der Ortsgruppenleiter saß vor ihm und schwieg, nicht verstockt, nicht abwehrend; er war, Willi sah es, fast am Ende seiner Kraft, er würde in diesem Zustand alles zugeben, alles, wenn Willi es von ihm verlangt hätte, Reue, Schuldgefühle, alles. Nein, Willi wollte es nicht, es war ihm eine zu billige Genugtuung.
So ging er an seinen Schreibtisch, füllte die Papiere aus, dic notwendig waren, benutzte den Amtsstempel, den er für harmlose Fälle mit nach Hause genommen hatte, und sprach ihn frei, er hatte jetzt die Macht dazu. Nun war der ehemalige Ortsgruppenleiter kein Parteigenosse gewesen, kein Nationalsozia-

list, nicht einmal ein Mitläufer, ein unbelasteter Bürger sonst nichts.
Dann erhob er sich hinter seinem Schreibtisch und reichte dem Ortsgruppenleiter die Papiere: »Hier, nimm das, es wird dir nicht viel helfen, aber vielleicht kommst du damit durch. Mehr kann ich nicht tun.«
Der Ortsgruppenleiter griff nach den Papieren, als seien sie seine Rettung, die Rettung seines jetzt armseligen, verfolgten Lebens; seine Hände zitterten dabei ein wenig, er bedankte sich nicht, er flüsterte nur wie zu sich selbst, ohne Willi anzusehen: »Jetzt muß ich es schaffen.«
Er erhob sich, kein weiteres Wort kam über seine Lippen, und schickte sich an, zur Tür zu gehen, ein in wenigen Wochen alt gewordener Mann. Willi ging hinter ihm her, über den Flur, bis vor die Haustür. Der halbe Mond stand noch immer am Himmel, nur die Wolken hatten sich vermehrt, und der Wind war stärker geworden.
Der Ortsgruppenleiter tat ein paar Schritte in die Nacht hinaus, dann blieb er stehen, drehte sich um und sagte: »Willi, ich glaube, wir werden uns nicht wiedersehen.«
»Das wohl kaum«, antwortete Willi, und er

wiederholte es tonlos, als er zurück zur Haustür ging: »Das wohl kaum.«
Kurz darauf betrat er das Schlafzimmer, das hinter dem Wohnzimmer lag, in dem er mit dem Ortsgruppenleiter gesprochen hatte. Seine Frau saß aufrecht in ihrem Bett, sie sah ihn an, als sei etwas nicht Faßbares geschehen. Willi wunderte sich darüber, er begriff es nicht, sie schlief sonst um diese Zeit trotz der Unruhe im Ort. Sie sah verwirrt aus, als wäre sie aus einem Alptraum erwacht.
»Wer war das? Sag es mir, wer da war, bitte.«
Sie sagte es nicht deutlich, nicht klar, sie verschluckte es halb. Nein, er wollte es ihr nicht sagen, nicht jetzt, nicht zu dieser Stunde, später vielleicht. Er war sich selbst nicht klar darüber, ob er richtig gehandelt hatte, aber sie fuhr fort zu fragen: »Es war Fritz, nicht wahr, es war Fritz?«
Er stand am Fußende ihres Bettes, betroffen durch ihre Frage, woher wußte sie, daß der ehemalige Ortsgruppenleiter bei ihm gewesen war? Er konnte es sich nicht erklären. Vielleicht war die Verbindungstür zwischen Wohnzimmer und Schlafzimmer nur angelehnt gewesen? Nein, sie konnte das Ge-

spräch nicht gehört haben, vielleicht ahnte sie es nur, er zögerte, er hatte es ihr nicht sagen wollen, was im Wohnzimmer gesprochen worden war, doch nun mußte er es tun: »Ja, er war es. Du kannst dir nicht vorstellen, wie heruntergekommen er ist, völlig heruntergekommen.«

»Und du hast ihm geholfen?«

Willi zögerte wieder, er ging um das Bett herum, setzte sich auf den Bettrand, nahm ihre Hand, beugte sich ihr entgegen, so daß ihre Gesichter dicht beieinander waren, ihre Augen schienen ihm etwas gerötet, als hätte sie geweint. Er begriff ihre Erregung nicht, und während er sie ansah und sie trösten wollte, begann sie wieder zu fragen: »Hast du ihm geholfen?«

»Ja, ich habe ihm geholfen. Es blieb mir nichts anderes übrig.«

»Gott sei Dank«, flüsterte sie, »Gott sei Dank.«

Sie ließ sich zurück in ihr Kopfkissen fallen, und plötzlich schien es Willi, als hätte sich ein Alptraum aufgelöst. Ihr Gesicht erhellte sich, ihre Augen waren wie immer, ja, es kam ihm vor, als lächelten sie. Etwas von dem Frohsinn, der ihm so oft in den vergangenen

Jahren geholfen hatte, schien wieder zurückzukommen, und dann begann sie zu erzählen, allmählich, langsam, als müsse sie jedes Wort suchen.

»Damals, als du zum zweiten Mal verhaftet warst und man dich ins Konzentrationslager bringen wollte, damals bin ich zu ihm gegangen. Ich wußte mir keinen anderen Ausweg mehr, ich kannte ja niemanden, der mir helfen konnte. Und er war ja ein Jugendfreund von mir, einer, der mir nachgelaufen ist, und da habe ich mir gedacht, vielleicht ist noch etwas von der alten Zuneigung vorhanden. Ich bin zu ihm gegangen und habe ihn angebettelt, eine ganze Stunde lang. Ich bin auf den Knien vor ihm gerutscht, es war sehr demütigend, und er hat mich gedemütigt, ja, das hat er getan. Und deswegen habe ich es dir nicht erzählt. Dann, nach zwei Stunden, hat er mir versprochen, dir zu helfen. Und er hat dir geholfen. Kannst du mir das verzeihen? Ich habe es ja für dich getan, nur für dich.«

Willi sprang auf, etwas wie Zorn wollte in ihm aufsteigen, er versuchte sich zu beherrschen, er wollte ihr nicht zeigen, wie sehr ihn ihre Mitteilung traf, denn er hatte sich nie selbst erniedrigt, nicht freiwillig. Man hatte ihn in die Erniedrigung gestoßen, man hatte ihn gezwungen. Sie aber hatte es freiwillig getan – für ihn, natürlich für ihn. Er lief um die beiden Betten herum, durch das Schlafzimmer, doch dann blieb er stehen, wieder am Fußende ihres Bettes, faßte sich an den Kopf, als würde ihm schwindlig, und sagte: »Mein Gott, wer soll das alles verstehen.«